中公文庫

鉄道文学傑作選

関川夏央 編

中央公論新社

目次

鉄道文学傑作選

三四郎（抄）

夏目漱石

一

うとうととして眼が覚めると女は何時《いつ》の間《ま》にか、隣の爺《じい》さんと話を始めている。この爺さんは慥《たし》かに前の前の駅から乗った田舎者である。発車間際に頓狂な声を出して、馳《か》け込んで来て、いきなり肌を抜いだと思ったら脊中《せなか》に御灸《おきゅう》の痕が一杯あったので、三四郎の記憶に残っている。爺さんが汗を拭いて、肌を入れて、女の隣りに腰を懸けたまでよく注意して見ていた位である。

女とは京都からの相乗《あいのり》である。乗った時から三四郎の眼に着いた。第一色が黒い。三四郎は九州から山陽線に移って、段々京大阪へ近付いてくるうちに、女の色が次第に白くなるので何時の間にか故郷を遠退《とおの》くような憐れを感じていた。それでこの女が車室に這入って来た時は、何となく異性の味方を得た心持がした。この女の色は実際九州色《いろ》であった。三輪田《みわた》の御光《おみつ》さんと同じ色である。国を立つ間際までは、お光さんは、うるさい女であった。傍《そば》を離れるのが大いにありがたかった。けれども、こうして見ると、お光さんのようなのも決して悪くはない。

ただ顔立《かおだち》からいうと、この女の方がよほど上等である。口に締りがある。眼が判明《はっきり》している。額《ひたい》がお光さんのようにだだっ広くない。何となく好《い》い心持に出来上っている。それで三四郎は五分に一度位は眼を上げて女の方を見ていた。時々は女と自分の眼が行き中《あた》る事もあった。爺さんが女の隣へ腰を掛けた時などは、尤《もっと》も注意して、出来るだけ長い間、女の様子を見ていた。その時女はにこりと笑って、さあ御掛《おかけ》といって爺さんに席を譲っていた。それからしばらくして、三四郎は眠くなって寝《ね》てしまったのである。

その寝ている間に女と爺さんは懇意になって話を始めたものと見える。眼を開けた三四郎は黙って二人の話を聞いていた。女はこんな事をいう。――

小供の玩具《おもちゃ》はやっぱり広島より京都の方が安くって善《い》いものがある。京都でちょっと用があって下りたついでに、蛸薬師《たこやくし》の傍で玩具を買って来た。久しぶりで国へ帰って小供に逢うのは嬉しい。しかし夫の仕送りが途切れて、仕方なしに親の里へ帰るのだから心配だ。夫は呉《くれ》にいて長らく海軍の職工をしていたが戦争中は旅順《りょじゅん》の方に行っていた。戦争が済んでから一旦帰って来た。間もなくあっちの方が金が儲かるといって、また大連《たいれん》へ出稼に行った。始めのうちは音信《たより》もあり、月々のものも几帳面《ちゃんちゃん》と送って来たから好かったが、この半歳ばかり前から手紙も金もまるで来なくなってしまった。不実な性質《たち》ではないから、大丈夫だけれども、何時までも遊んで食《たべ》ている訳には行かないので、安否のわかるまでは仕方がないから、里へ帰って待《まっ》ているつもりだ。

爺さんは蛸薬師も知らず、玩具にも興味がないと見えて、始めのうちはただはいはいと返事だけしていたが、旅順以後急に同情を催して、それは大いに気の毒だといい出した。自分の子も戦争中兵隊にとられて、とうとうあっちで死んでしまった。一体戦争は何のためにするものだか解らない。後で景気でも好くなればだが、大事な子は殺される、物価《しょしき》は高くなる。こんな馬鹿気たものはない。世の好《い》い時分に出稼ぎなどというものはなかった。みんな戦争の御蔭だ。何しろ信心が大切だ。生きて働いているに違ない。もう少し待っていればきっと帰って来る。――爺さんはこんな事をいって、頻《しき》りに女を慰めていた。やがて汽車が留ったら、では御大事にと、女に挨拶をして元気よく出て行った。

爺さんに続いて下りたものが四人ほどあったが、入れ易《かわ》って、乗ったのはたった一人しかない。固《もと》から込み合った客車でもなかったのが、急に淋しくなった。日の暮れたせいかも知れない。駅夫が屋根をどしどし踏んで、上から灯《ひ》の点《つ》いた洋燈《ランプ》を挿し込んで行く。三四郎は思い出したように前の停車場《ステーション》で買った弁当を食い出した。

車が動き出して二分も立ったろうと思う頃例の女はすうと立って三四郎の横を通り越し

て車室の外へ出て行った。この時女の帯の色が始めて三四郎の眼に這入った。三四郎は鮎の煮浸しの頭を啣《くわ》えたまま女の後姿を見送っていた。便所に行ったんだなと思いながら頻りに食っている。

女はやがて帰って来た。今度は正面が見えた。三四郎の弁当はもう仕舞掛《しまいがけ》である。下を向いて一生懸命に箸を突ッ込んで二口三口頬張ったが、女は、どうもまだ元の席へ帰らないらしい。もしやと思って、ひょいと眼を挙《あげ》て見るとやっぱり正面に立っていた。しかし三四郎が眼を挙ると同時に女は動き出した。ただ三四郎の横を通って、自分の座へ帰るべきところを、すぐと前へ来て、身体《からだ》を横へ向けて、窓から首を出して、静《しずか》に外を眺め出した。風が強くあたって、鬢《びん》がふわふわする所が三四郎の眼に這入った。この時三四郎は空になった弁当の折を力一杯に窓から放り出した。女の窓と三四郎の窓は一軒置《おき》の隣であった。風に逆らって抛《な》げた折の蓋が白く舞戻ったように見えた時、三四郎は飛んだ事をしたのかと気が付いて、ふと女の顔を見た。顔は生憎《あいにく》列車の外に出ていた。けれども女は静かに首を引っ込めて更紗《サラサ》の手帛《ハンケチ》で額の所を丁寧に拭き始めた。三四郎はともかくも謝る方が安全だと考えた。

「御免なさい」といった。

女は「いいえ」と答えた。まだ顔を拭いている。三四郎は仕方なしに黙ってしまった。

女も黙ってしまった。そうしてまた首を窓から出した。三、四人の乗客《じょうかく》は暗い洋燈《ランプ》の下で、みんな寐ぼけた顔をしている。口を利いているものは誰もない。汽車だけが凄《すさま》じい音を立てて行く。三四郎は眼を眠った。

しばらくすると「名古屋はもう直《じき》でしょうか」という女の声がした。見ると何時の間にか向き直って、及び腰になって、顔を三四郎の傍まで持《もっ》て来ている。三四郎は驚いた。

「そうですね」といったが、始めて東京へ行くんだから一向《いっこう》要領を得ない。

「この分では後《おく》れますでしょうか」

「後れるでしょう」

「あんたも名古屋へ御下《おおり》で……」

「はあ、下ります」

この汽車は名古屋留りであった。会話は頗《すこぶ》る平凡であった。ただ女が三四郎の筋向《すじむこ》うに腰を掛《かけ》たばかりである。それで、しばらくの間はまた汽車の音だけになってしまう。

次の駅で汽車が留まった時、女は漸《ようや》く三四郎に名古屋へ着いたら迷惑でも宿屋へ案内してくれといいだした。一人では気味が悪いからといって、頻りに頼む。三四郎も尤もだと思った。けれども、そう快く引き受ける気にもならなかった。何しろ知らない女なんだから、頗る躊躇したにはしたが、断然断る勇気も出なかったので、まあ好い加減な生返事をしていた。そのうち汽車は名古屋へ着いた。

　大きな行李《こり》は新橋まで預けてあるから心配はない。三四郎は手頃なズックの革鞄《かばん》と傘だけ持って改札場《かいさつば》を出た。頭には高等学校の夏帽を被っている。しかし卒業したしるしに徽章だけは捥《も》ぎ取ってしまった。昼間見ると其処《そこ》だけ色が新しい。後《うしろ》から女が尾《つ》いて来る。三四郎はこの帽子に対して少々極《きま》りが悪かった。けれども尾いて来るのだから仕方がない。女の方では、この帽子を無論ただの汚ない帽子と思っている。

　九時半に着くべき汽車が四十分ほど後れたのだから、もう十時は過《まわ》っている。けれども暑い時分だから町はまだ宵の口のように賑やかだ。宿屋も眼の前に二、三軒ある。ただ三四郎にはちと立派過ぎるように思われた。そこで電気燈の点いている三階作りの前を澄《すま》して通り越して、ぶらぶら歩行《ある》いて行《いっ》た。無論不案内の土地だからどこへ出るか分らない。ただ暗い方へ行った。女は何ともいわずに尾いて来る。すると比較的淋しい横町の角から二軒目に御宿《おんやど》という看板が見えた。これは三四郎にも女にも相応な汚ない看板であった。三四郎はちょっと振返って、一口女にどうですと相談したが、女は結構だというんで、思い切《きっ》てずっと這入った。上《あが》り口で二人連《づれ》ではないと断るはずのところを、いらっしゃい、――どうぞ御上《おあが》り――御案内――梅の四番などとのべつに喋舌《しゃべ》られたので、やむをえず無言のまま二人とも梅の四番へ通されてしまった。

下女が茶を持ってくる間二人はぼんやり向い合って坐っていた。下女が茶を持って来て、御風呂をといった時は、もうこの婦人は自分の連《つれ》ではないと断るだけの勇気が出なかった。そこで手拭《てぬぐい》をぶら下げて、御先へと挨拶をして、風呂場へ出て行った。風呂場は廊下の突き当りで便所の隣にあった。薄暗くって、大分《だいぶ》不潔のようである。三四郎は着物を脱いで、風呂桶の中へ飛び込んで、少し考えた。こいつは厄介だとじゃぶじゃぶ遣っていると、廊下に足音がする。誰か便所へ這入った様子である。やがて出て来た。手を洗う。それが済んだら、ぎいと風呂場の戸を半分開けた。例の女が入口から、「ちいと流しましょうか」と聞いた。三四郎は大きな声で、

「いえ沢山です」と断った。しかし女は出て行かない。かえって這入って来た。そうして帯を解き出した。三四郎と一所に湯を使う気と見える。別に恥かしい様子も見えない。三四郎は忽ち湯槽《ゆぶね》を飛び出した。そこそこに身体を拭いて座敷へ帰って、座蒲団の上に坐って、少からず驚いていると、下女が宿帳を持って来た。

三四郎は宿帳を取り上げて、福岡県京都郡《みやこぐん》真《ま》崎村《さきむら》小川三四郎二十三年学生と正直に書いたが、女の所へ行って全く困ってしまった。湯から出るまで待っていれば好かったと思ったが、仕方がない。下女がちゃんと控えている。やむをえず同県同郡同村同姓花二十三年と出鱈目を書いて渡した。そうして頻りに団扇《うちわ》を使っていた。

やがて女は帰って来た。「どうも、失礼致しました」といっている。三四郎は「いいや」と答えた。

三四郎は革鞄の中から帳面を取り出して日記をつけ出した。書く事も何もない。女がいなければ書く事が沢山あるように思われた。すると女は「ちょいと出て参ります」といって部屋を出て行った。三四郎は益《ますます》日記が書けなくなった。どこへ行ったんだろうと考え出した。

そこへ下女が床《とこ》を延べに来る。広い蒲団を一枚しか持って来ないから、床は二つ敷かなくてはいけないというと、部屋が狭いとか、蚊帳《かや》が狭いとかいって埒《らち》が明かない。面倒がるようにも見える。しまいにはただ今番頭がちょっと出ましたから、帰ったら聞いて持って参りましょうといって、頑固に一枚の蒲団を蚊帳一杯に敷いて出て行った。

それから、しばらくすると女が帰って来た。どうも遅くなりましてという。蚊帳の影で何かしているうちに、がらんがらんという音がした。小供に見舞《みやげ》の玩具が鳴ったに違ない。女はやがて風呂敷包を元の通りに結んだと見える。蚊帳の向うで「御先へ」という声がした。三四郎はただ「はあ」と答えたままで、敷居に尻を乗せて、団扇を使っていた。いっそこのままで夜《よ》を明かしてしまおうかとも思った。けれども蚊がぶんぶん来る。外ではとても凌《しの》ぎ切れない。三四郎はついと立って、革鞄の中から、キャラコの襯衣《シャツ》と洋袴下《ズボンした》を出して、それを素肌へ着けて、その上から紺の兵児帯《へこおび》を締めた。それから西洋手拭《タウエル》を二筋《ふたすじ》持ったまま蚊帳の中へ這入った。女は蒲団の向《むこう》の隅でまだ団扇を動かしている。

「失礼ですが、私は疳性《かんしょう》で他人《ひと》の蒲団に寝るのが嫌だから……少し蚤除《のみよけ》の工夫を遣るから御免なさい」

三四郎はこんな事をいって、あらかじめ、敷いてある敷布《シート》の余っている端《はじ》を女の寐ている方へ向けてぐるぐる捲《ま》き出した。そうして蒲団の真中に白い長い仕切を拵《こしら》えた。女は向へ寝返りを打った。三四郎は西洋手拭を広げて、これを自分の領分に二枚続きに長く敷いて、その上に細長く寝た。その晩は三四郎の手も足もこの幅の狭い西洋手拭の外には一寸《すん》も出なかった。女とは一言も口を利かなかった。女も壁を向いたまま凝《じっ》として動かなかった。

夜はようよう明けた。顔を洗って膳に向った時、女はにこりと笑って、「昨夜《ゆうべ》は蚤は出ませんでしたか」と聞いた。三四郎は「ええ、ありがとう、御蔭さまで」というような事を真面目に答えながら、下を向いて、御猪口《おちょく》の葡萄豆《ぶどうまめ》をしきりに突《つっ》つき出した。

勘定をして宿を出て、停車場《ステーション》へ着いた時、女は始めて関西線で四日市の方へ行くのだという事を三四郎に話した。三四郎の汽車は間もなく来た。時間の都合で女は少し待合せる事となった。改札場の際《きわ》まで送って来た女は、

「色々御厄介になりまして、……では御機嫌よう」と丁寧に御辞儀《おじぎ》をした。三四郎は革鞄と傘を片手に持ったまま、空《あい》た手で例の古帽子を取って、ただ一言、

「さよなら」といった。女はその顔を凝《じっ》と眺めていたが、やがて落付いた調子で、

「あなたはよっぽど度胸のない方ですね」といって、にやりと笑った。三四郎はプラットフォームの上へ弾き出されたような心持がした。車の中へ這入ったら両方の耳が一層熱《ほて》り出した。しばらくは凝《じ》っと小さくなっていた。やがて車掌の鳴らす口笛が長い列車の果《はて》から果まで響き渡った。列車は動き出す。三四郎はそっと窓から首を出した。女はとくの昔にどこかへ行ってしまった。大きな時計ばかりが眼に着いた。三四郎はまたそっと自分の席に帰った。乗合《のりあい》は大分《だいぶ》いる。けれども三四郎の挙動に注意するようなものは一人もない。ただ筋向うに坐った男が、自分の席に帰る三四郎をちょっと見た。

三四郎はこの男に見られた時、何となく極りが悪かった。本でも読んで気を紛《まぎ》らかそうと思って、革鞄を開けて見ると、昨夜の西洋手拭が、上の所にぎっしり詰っている。そいつを傍《わき》へ掻《か》き寄せて、底の方から、手に障《さわ》った奴を何でも構わず引出すと、読んでも解らないベーコンの論文集が出た。ベーコンには気の毒な位薄っぺらな粗末な仮綴《かりとじ》である。元来汽車の中で読む了見《りょうけん》もないものを、大きな行李に入れ損《そく》なったから、片付けるついでに提革鞄《さげかばん》の底へ、外《ほか》の二、三冊と一所に放り込で置いたのが、運悪く当選したのである。

三四郎はベーコンの廿三頁《ページ》を開いた。他《ほか》の本でも読めそうにはない。ましてベーコンなどは無論読む気にならない。けれども三四郎は恭《うやうや》しく廿三頁を開いて、万遍なく頁全体を見廻していた。三四郎は廿三頁の前で一応昨夜の御浚《おさらい》をする気である。

元来あの女は何だろう。あんな女が世の中にいるものだろうか。女というものは、ああ落付《おちつい》て平気でいられるものだろうか。無教育なのだろうか、大胆なのだろうか。それとも無邪気なのだろうか。要するに行ける所まで行って見なかったから、見当が付かない。思い切ってもう少し行って見るとよかった。けれども恐ろしい。別れ際にあなたは度胸のない方だといわれた時には、喫驚《びっくり》した。二十三年の弱点が一度に露見したような心持であった。親でもああ旨く言い中《あ》てるものではない。……

三四郎はここまで来て、更に悄然《しょげ》てしまった。どこの馬の骨だか分らないものに、頭の上がらない位打《どや》されたような気がした。ベーコンの二十三頁に対しても甚だ申訳がない位に感じた。

どうも、ああ狼狽しちゃ駄目だ。学問も大学生もあったものじゃない。甚だ人格に関係してくる。もう少しは仕様があったろう。けれども相手が何時《いつ》でもああ出るとすると、教育を受けた自分には、あれより外に受けようがないとも思われる。するとむやみに女に近付いてはならないという訳になる。何だか意気地がない。非常に窮屈だ。まるで不具《かたわ》にでも生れたようなものである。けれども……

　三四郎は急に気を易《か》えて、別の世界の事を思出《おもいだ》した。――これから東京に行く。大学に這入る。有名な学者に接触する。趣味品性の具《そなわ》った学生と交際する。図書館で研究をする。著作をやる。世間で喝采する。母が嬉しがる。というような未来をだらしなく考えて、大《おお》いに元気を回復して見ると、別に二十三頁の中に顔を埋《うず》めている必要がなくなった。そこでひょいと頭を上げた。すると筋向うにいたさっきの男がまた三四郎の方を見ていた。今度は三四郎の方でもこの男を見返した。

　髭を濃く生《はや》している。面長の瘠《やせ》ぎすの、どことなく神主じみた男であった。ただ鼻筋が真直《まっすぐ》に通っている所だけが西洋らしい。学校教育を受けつつある三四郎は、こんな男を見るときっと教師にしてしまう。男は白地の絣《かすり》の下に、丁重に白い襦袢《じゅばん》を重ねて、紺足袋を穿《は》いていた。この服装から推して、三四郎は先方を中学校の教師と鑑定した。大きな未来を控えている自分から見ると、何だか下《くだ》らなく感ぜられる。男はもう四十だろう。これより先もう発展しそうにもない。

　男はしきりに煙草《タバコ》をふかしている。長い烟《けむり》を鼻の穴から吹き出して、腕組をした所は大変悠長に見える。そうかと思うとむやみに便所か何かに立つ。立つ時にうんと伸《のび》をする事がある。さも退屈そうである。隣に乗合《のりあわせ》た人が、新聞の読み殻《がら》を傍に置くのに借《かり》て看《み》る気も出さない。三四郎は自《おのずか》ら妙になって、ベーコンの論文集を伏せてしまった。外の小説でも出して、本気に読んで見ようとも考えたが面倒だから、やめにした。それよりは前にいる人の新聞を借りたくなった。生憎前の人はぐうぐう寐ている。三四郎は手を延ばして新聞に手を掛けながら、わざと「御明きですか」と髭のある男に聞いた。男は平気な顔で「明いてるでしょう。御読みなさい」といった。新聞を手に取った三四郎の方はかえって平気でなかった。

開けて見ると新聞には別に見るほどの事も載っていない。一、二分で通読してしまった。律義に畳んで元の場所へ返しながら、ちょっと会釈すると、向《むこう》でも軽く挨拶をして、

「君は高等学校の生徒ですか」と聞《きい》た。

三四郎は、被っている古帽子の徽章の痕が、この男の眼に映ったのを嬉しく感じた。

「ええ」と答《こたえ》た。

「東京の？」と聞返した時、始めて、

「いえ、熊本です。……しかし……」といったなり黙ってしまった。大学生だといいたかったけれども、いうほどの必要がないからと思って遠慮した。相手も「はあ、そう」といったなり煙草を吹かしている。何故熊本の生徒が今頃東京へ行くんだとも何とも聞いてくれない。熊本の生徒には興味がないらしい。この時三四郎の前に寐ていた男が「うん、な

るほど」といった。それでいて慥《たしか》に寐ている。独言《ひとりごと》でも何でもない。髭のある人は三四郎を見てにやにやと笑った。三四郎はそれを機会《しお》に、

「あなたはどちらへ」と聞いた。

「東京」とゆっくりいったぎりである。何だか中学校の先生らしくなくなって来た。けれども三等へ乗っている位だから大したものでない事は明らかである。三四郎はそれで談話を切り上げた。髭のある男は腕組をしたまま、時々下駄の前歯で、拍子を取《とっ》て、床を鳴らしたりしている。よほど退屈に見える。しかしこの男の退屈は話したがらない退屈である。

　汽車が豊橋へ着いた時、寐ていた男がむっくり起《おき》て眼を擦《こす》りながら下りて行った。よくあんなに都合よく眼を覚ます事が出来るものだと思った。ことによると寐ぼけて停車場《ステーション》を間違えたんだろうと気遣《きづかい》ながら、窓から眺めていると、決してそうでない。無事に改札場を通過して、正気の人間のように出て行った。三四郎は安心して席を向う側へ移した。これで髭のある人と隣り合せになった。髭のある人は入れ換って、窓から首を出して、水蜜桃を買っている。

　やがて二人の間に果物を置いて、

「食べませんか」といった。

三四郎は礼をいって、一つ食べた。髭のある人は好きと見えて、むやみに食べた。三四

郎にもっと食べろという。三四郎はまた一つ食べた。二人が水蜜桃を食べているうちに大分親密になって色々な話を始めた。

その男の説によると、桃は果物のうちで一番仙人めいている。何だか馬鹿見たような味がする。第一核子《たね》の恰好が無器用だ。かつ穴だらけで大変面白く出来上っているという。三四郎は始めて聞く説だが、随分詰《つま》らない事をいう人だと思った。

次にその男がこんな事をいい出した。子規《しき》は果物が大変好きだった。かついくらでも食える男だった。ある時大きな樽柿《たるがき》を十六食った事がある。それで何ともなかった。自分などはとても子規の真似は出来ない。――三四郎は笑って聞いていた。けれども子規の話だけには興味があるような気がした。もう少し子規の事でも話そうかと思っていると、

「どうも好《すき》なものには自然と手が出るものでね。仕方がない。豚などは手が出ない代りに鼻が出る。豚をね、縛って動けないようにして置いて、その鼻の先へ、御馳走を並べて置くと、動けないものだから、鼻の先が段々延びて来るそうだ。御馳走に届くまでは延びるそうです。どうも一念ほど恐ろしいものはない」といって、にやにや笑っている。真面目だか冗談だか、判然と区別しにくいような話し方である。

「まあ御互に豚でなくって仕合せだ。そう欲しいものの方へむやみに鼻が延びて行ったら、今頃は汽車にも乗れない位長くなって困るに違ない」

三四郎は吹き出した。けれども相手は存外静かである。

「実際危険《あぶな》い。レオナルド・ダ・ヴィンチという人は桃の幹に砒石《ひせき》を注射してね、その実へも毒が回るものだろうか、どうだろうかという試験をした事がある。ところがその桃を食って死んだ人がある。危険い。気を付けないと危険い」といいながら、散々食い散らした水蜜桃の核子やら皮やらを、一纏《ひとまと》めに新聞に包《くる》んで、窓の外へ抛げ出した。

今度は三四郎も笑う気が起らなかった。レオナルド・ダ・ヴィンチという名を聞いて少しく辟易した上に、何だか昨夕《ゆうべ》の女の事を考え出して、妙に不愉快になったから、謹《つつし》んで黙ってしまった。けれども相手はそんな事に一向気が付《つか》ないらしい。やがて、

「東京はどこへ」と聞き出した。

「実は始めてで様子が善く分らんのですが……差し当り国の寄宿舎へでも行こうかと思っています」という。

「じゃ熊本はもう……」

「今度卒業したのです」

「はあ、そりゃ」といったが御目出たいとも結構だとも付けなかった。ただ「するとこれから大学へ這入るのですね」と如何にも平凡であるかの如くに聞いた。

三四郎は聊《いささ》か物足りなかった。その代り、

「ええ」という二字で挨拶を片付《かたづけ》た。

「科は？」とまた聞かれる。

「一部です」

「法科ですか」

「いいえ文科です」

「はあ、そりゃ」とまたいった。三四郎はこのはあ、そりゃを聞くたびに妙になる。向うが大いに偉いか、大いに人を踏み倒しているか、そうでなければ大学に全く縁故も同情もない男に違ない。しかしそのうちのどっちだか見当が付かないのでこの男に対する態度も極めて不明瞭であった。

浜松で二人とも申し合せたように弁当を食った。食ってしまっても汽車は容易に出ない。窓から見ると、西洋人が四、五人列車の前を往《い》ったり来たりしている。そのうちの一組は夫婦と見えて、暑いのに手を組み合せている。女は上下《うえした》とも真白な着物で、大変美しい。三四郎は生れてから今日《こんにち》に至るまで西洋人というものを五、六人しか見た事がない。そのうちの二人は熊本の高等学校の教師で、その二人のうちの一人は運悪く脊虫《せむし》であった。女では宣教師を一人知っている。随分尖《とん》がった顔で、鱚《きす》または魳《かます》に類していた。だから、こういう派手な奇麗な西洋人は珍らしいばかりではない。頗る上等に見える。三四郎は一生懸命に見惚《みと》れていた。これでは威張るのも尤もだと思った。自分が西洋へ行って、こんな人の中に這入ったら定めし肩身の狭い事だろうとまで考えた。窓の前を通る時二人の話を熱心に聞いて見たが些《ちっ》とも分らない。熊本の教師とはまるで発音が違うようだ。

ところへ例の男が首を後《うしろ》から出して、

「まだ出そうもないのですかね」と言いながら、今行き過ぎた、西洋の夫婦をちょいと見て、

「ああ美しい」と小声にいって、すぐに生欠伸《なまあくび》をした。三四郎は自分が如何にも田舎ものらしいのに気が着いて、早速首を引き込めて、着座した。男もつづいて席に返った。そうして、

「どうも西洋人は美くしいですね」といった。

三四郎は別段の答も出ないのでただはあと受けて笑っていた。すると髭の男は、

「御互は憐れだなあ」といい出した。「こんな顔をして、こんなに弱っていては、いくら日露戦争に勝って、一等国になっても駄目ですね。尤も建物を見ても、庭園を見ても、いずれも顔相応の所だが、――あなたは東京が始めてなら、まだ富士山を見た事がないでしょう。今に見えるから御覧なさい。あれが日本一の名物だ。あれより外に自慢するものは何もない。ところがその富士山は天然自然に昔からあったものなんだから仕方がない。

我々が拵えたものじゃない」といってまたにやにや笑っている。三四郎は日露戦争以後こんな人間に出逢うとは思いも寄らなかった。どうも日本人じゃないような気がする。

「しかしこれからは日本も段々発展するでしょう」と弁護した。すると、かの男は、すましたもので、

「亡《ほろ》びるね」といった。——熊本でこんなことを口に出せば、すぐ擲《な》ぐられる。わるくすると国賊取扱《とりあつかい》にされる。三四郎は頭の中のどこの隅にもこういう思想を入れる余裕はないような空気の裡《うち》で生長した。だからことによると自分の年齢《とし》の若いのに乗じて、他《ひと》を愚弄するのではなかろうかとも考えた。男は例の如くにやにや笑っている。そのくせ言葉つきはどこまでも落付いている。どうも見当が付かないから、相手になるのをやめて黙ってしまった。すると男が、こういった。

「熊本より東京は広い。東京より日本は広い。日本より……」でちょっと切ったが、三四郎の顔を見ると耳を傾けている。

「日本より頭の中の方が広いでしょう」といった。「囚われちゃ駄目だ。いくら日本のためを思ったって贔屓《ひいき》の引倒《ひきだお》しになるばかりだ」

この言葉を聞いた時、三四郎は真実に熊本を出たような心持がした。同時に熊本にいた時の自分は非常に卑怯であったと悟った。

その晩三四郎は東京に着いた。髭の男は分れる時まで名前を明かさなかった。三四郎は東京へ着きさえすれば、この位の男は到る処にいるものと信じて、別に姓名を尋ねようともしなかった。

二

三四郎が東京で驚いたものは沢山ある。第一電車のちんちん鳴るので驚いた。それからそのちんちん鳴る間に、非常に多くの人間が乗ったり降《おり》たりするので驚いた。次に丸の内で驚いた。尤も驚いたのは、どこまで行《いっ》ても東京がなくならないという事であった。しかもどこをどう歩いても、材木が放り出してある、石が積んである、新しい家が往来から二、三間引込んでいる、古い蔵が半分取崩されて心細く前の方に残っている。凡《すべ》ての物が破壊されつつあるように見える。そうして凡ての物がまた同時に建設されつつあるように見える。大変な動き方である。

三四郎は全く驚いた。要するに普通の田舎者が始めて都の真中に立って驚くと同じ程度に、また同じ性質において大《おおい》に驚いてしまった。今までの学問はこの驚きを予防する上において、売薬ほどの効能もなかった。三四郎の自信はこの驚きと共に四割方《わりがた》減却した。不愉快でたまらない。

この劇烈な活動そのものが取りも直さず現実世界だとすると、自分が今日《こんにち》までの生活は現実世界に毫《ごう》も接触していない事になる。洞《ほら》が峠《とうげ》で昼寐をしたと同然である。それでは今日限り昼寐をやめて、活動の割前が払えるかというと、それは困難である。自分は今活動の中心に立っている。けれども自分はただ自分の左右前後に起る活動を見なければならない地位に置き易《か》えられたというまでで、学生としての生活は以前と変る訳はない。世界はかように動揺する。自分はこの動揺を見ている。けれどもそれに加わる事は出来ない。自分の世界と、現実の世界は一つ平面に並んでおりながら、どこも接触していない。そうして現実の世界は、かように動揺して、自分を置き去りにして行ってしまう。甚だ不安である。

三四郎は東京の真中に立って電車と、汽車と、白い着物を着た人と、黒い着物を着た人との活動を見て、こう感じた。けれども学生生活の裏面に横たわる思想界の活動には毫も気が付かなかった。——明治の思想は西洋の歴史にあらわれた三百年の活動を四十年で繰返している。

三四郎が動く東京の真中に閉じ込められて、一人で鬱《ふさ》ぎ込んでいるうちに、国元の母から手紙が来た。東京で受取った最初のものである。見ると色々書いてある。まず今年は豊作で目出度《めでた》いという所から始まって、身体を大事にしなくってはいけないという注意があって、東京のものはみんな利口で人が悪いから用心しろと書いて、学資は毎月《まいげつ》月末に届くようにするから安心しろとあって、勝田《かつた》の政《まさ》さんの従弟《いとこ》に当る人が大学校を卒業して、理科大学とかに出ているそうだから、尋ねて行って、万事宜しく頼むがいいで結んである。肝心の名前を忘れたと見えて、欄外というような処に野々宮宗八《ののみやそうはち》どのとかいてあった。この欄外にはその外《ほか》二、三件ある。作《さく》の青馬《あお》が急病で死んだんで、作は大弱りでいる。三輪《みわ》田《た》のお光《みつ》さんが鮎《あゆ》をくれたけれども東京へ送ると途中で腐ってしまうから、家内《うち》で食べてしまった。等《とう》である。

三四郎はこの手紙を見て、何だか古ぼけた昔から届いたような気がした。母には済まないが、こんなものを読んでいる暇はないとまで考えた。それにもかかわらず繰返して二返読んだ。要するに自分がもし現実世界と接触しているならば、今のところ母より外にないのだろう。その母は古い人で古い田舎におる。その外には汽車の中で乗合《のりあわ》した女がいる。あれは現実世界の稲妻である。接触したというには、あまりに短くってかつあまりに鋭《するど》過《すぎ》た。——三四郎は母のいい付け通《どおり》野々宮宗八を尋ねる事にした。

編者解説

「汽車」がもたらす人間関係——漱石『三四郎』

『三四郎』は漱石が東京朝日新聞の社員作家となって三作目の長篇小説である。一九〇七年（明治四十）秋、熊本第五高等学校を卒業した小川三四郎が東京帝国大学文科大学の新学期にあわせて九州から上京する、その車中から書き起こされる。

大量の客を一度に運ぶ鉄道は、僅々三十五年間のうちに全国に延びた。その長距離列車の車内はアカの他人同士が接触し、会話する場所となった。

三四郎は、名古屋行きの列車で乗りあわせた若い女に、「気味が悪いから」名古屋に着いたら旅館に連れて行ってくれないか、と東海道線米原《まいばら》あたりの夕刻、頼まれた。女は、呉の海軍工廠で職工をしていた男の妻で、亭主は仕事をもとめて大陸に行ったきりらしい。三四郎は断れない。名古屋で駅近くの適度に格落ちした旅館にあがると、ひとつ部屋に通された。敷かれた布団もひと組だけ、湯殿に行けば、女が「ちいと流しましょうか」などといいながら入ってこようとする。

一枚の布団の真ん中に丸めたシーツで白い長い仕切をつくり、身を固くして一夜を過ごした三四郎は翌朝、名古屋駅で女と別れた。別れ際、「あなたはよっぽど度胸のない方ですね」と女はいって、にやりと笑った。

名古屋から新橋行きの車中では、年は四十くらい、どこか「神主じみた」男といっしょになった。西洋に較べると日本の貧しさが際立つという話題で、「しかしこれからは日本も段々発展するでしょう」と三四郎がいうと、「亡《ほろ》びるね」とあっさり断言した男とは、新橋で名前も聞かずに別れた。この男が小説『三四郎』の重要な登場人物にして、漱石の自己像を反映した「広田先生」なのである。

東京に三四郎は驚いた。どこまで行っても東京がなくならない。人々は路面電車に吸い込まれ、吐き出されながら動き回っている。これが西洋の「三百年の活動を四十年で繰返」す日本の帝都のあわただしさなのか。

学友となった佐々木与次郎に困惑を打ち明けると、十五、六遍も電車に乗ってみれば東京などすぐわかるといわれたが、果たしてそうか。路線図と乗り換え方を知らなければ、結局振り回されるばかりである。とまどう三四郎は、漱石の倫敦留学体験の反映であった。

九州の母からきた手紙には、東京人は人が悪いから用心しろ、遠縁の野々宮さんという人が理科大学とかに出ているから一度訪ねてみろ、とあったので、三四郎は広い東京を横切って、新開地の大久保に行ってみた。そこで急用で出かける野々宮さんに留守番を頼まれ、泊った。その夜、彼は鉄道自殺する若い女の最期の声を聞いた。

漱石は、汽車と電車が轟音とともにつくりつつある日本の二十世紀的「現代」のありさまを、この小説『三四郎』でえがこうとした。

「汽車の見える所を現実世界と云う。汽車程二十世紀の文明を代表するものはあるまい」（『草枕』）と漱石は書いた。

「人は汽車へ乗ると云う。余は積み込まれると云う。人は汽車で行くと云う。余は運搬されると云う。汽車程個性を軽蔑《けいべつ》したものはない。文明はあらゆる限りの手段をつくして、個性を発達せしめたる後、あらゆる限りの方法によって此《この》個性を踏み付け様とする」

漱石は汽車も電車も嫌いだった。しかしその割には小説に汽車も電車もたびたび出てくる。『坊っちゃん』の主人公は、無償の愛を主人公に注ぐ「清《きよ》」と新橋ステーションで別れて四国へ旅立った。二ヵ月に満たぬうちに「不浄な地」を離れた主人公は、同志「山嵐」とやはり新橋ステーションで別れた。そして月給は安いが「清」といっしょに暮らせるのを多として、路面電車会社の「技手」に転職したのだが、『それから』や『門』の主人公たちは、みな路面電車の終点近くの新開地に住んだ。

懐かしい前近代を押し流す便利で暴虐な二十世紀文明を、そしてそれを代表する汽車や電車を、嫌いではあってもやむを得ないものと漱石は認識していたのである。

「一握の砂」より

石川啄木

忘れがたき人人（抄）

呿呻《あくび》嚙《か》み
夜汽車の窓に別れたる
別れが今は物足らぬかな

雨に濡れし夜汽車の窓に
映りたる
山間《やまあい》の町のともしびの色

雨つよく降る夜《よ》の汽車の
たえまなく雫《しずく》流るる
窓硝子《ガラス》かな

39　「一握の砂」より（石川啄木）

真夜中の
倶知安《くちあん》駅に下《お》りゆきし
女の鬢《びん》の古き痍《きず》あと

札幌に
かの秋われの持《も》てゆきし
しかして今も持てるかなしみ

アカシヤの街樾《なみき》にポプラに
秋の風
吹くがかなしと日記《にき》に残れり

しんとして幅広き街《まち》の
秋の夜の
玉蜀黍《とうもろこし》の焼くるにほひよ

わが宿の姉と妹《いもと》のいさかひに
初夜《しょや》過ぎゆきし
札幌の雨

石狩の美国《びくに》といへる停車場《ていしゃば》の
柵に乾《ほ》してありし
赤き布片《きれ》かな

かなしきは小樽の町よ
歌ふことなき人人の
声の荒《あら》さよ

子を負ひて
雪の吹き入る停車場に
われ見送りし妻の眉かな

41　「一握の砂」より（石川啄木）

敵として憎みし友と
やや長く手を握《にぎ》りき
わかれといふに

ゆるぎ出《い》づる汽車の窓より
人先《ひとさき》に顔を引きしも
負けざらむため

みぞれ降る
石狩の野の汽車に読みし
ツルゲエネフの物語かな

わが去れる後《のち》の噂を
おもひやる旅出《たびで》はかなし
死ににゆくごと

わかれ来てふと瞬《またた》けば
ゆくりなく
つめたきものの頬《ほほ》をつたへり

忘れ来し煙草《たばこ》を思ふ
ゆけどゆけど
山なほ遠き雪の野の汽車

うす紅《あか》く雪に流れて
入日影《いりひかげ》
曠野《あらの》の汽車の窓を照《てら》せり

腹すこし痛み出でしを
しのびつつ
長路《ちょうろ》の汽車にのむ煙草かな

43　「一握の砂」より（石川啄木）

乗合《のりあい》の砲兵士官の
剣の鞘《さや》
がちやりと鳴るに思ひやぶれき

名のみ知りて縁《えん》もゆかりもなき土地の
宿《やど》屋《や》安《やす》けし
我が家《いえ》のごと

伴《つれ》なりしかの代議士の
口あける青き寐顔を
かなしと思ひき

今夜こそ思ふ存分泣いてみむと
泊りし宿屋の
茶のぬるさかな

水蒸気
列車の窓に花のごと凍《い》てしを染《そ》むる
あかつきの色

ごおと鳴る凩《こがらし》のあと
乾《かわ》きたる雪舞ひ立ちて
林を包《つつ》めり

空知川《そらちがわ》雪に埋《うも》れて
鳥も見えず
岸辺の林に人ひとりゐき

寂寞《せきばく》を敵とし友とし
雪のなかに
長き一生を送る人もあり

45　「一握の砂」より（石川啄木）

いたく汽車に疲れて猶《なお》も
きれぎれに思ふは
我のいとしさなりき

うたふごと駅の名呼びし
柔和《にゅうわ》なる
若き駅夫《えきふ》の眼をも忘れず

雪のなか
処処《しょしょ》に屋根見えて
煙突の煙うすくも空にまよへり

遠くより
笛ながながとひびかせて
汽車今とある森林《しんりん》に入《い》る

何事も思ふことなく
日一日
汽車のひびきに心まかせぬ

さいはての駅に下《お》り立《た》ち
雪あかり
さびしき町にあゆみ入《い》りにき

しらしらと氷《こおり》かがやき
千鳥《ちどり》なく
釧路《くしろ》の海の冬の月かな

手套を脱ぐ時（抄）

汽車の旅
とある野中の停車場《ていしゃば》の
夏草の香《か》のなつかしかりき

朝まだき
やつと間に合ひし初秋《はつあき》の旅出《たびで》の汽車の
堅き麺麭《ぱん》かな

かの旅の夜汽車の窓に
おもひたる
我がゆくすゑのかなしかりしかな

ふと見れば
とある林の停車場《ていしゃば》の時計とまれり
雨の夜《よ》の汽車

わかれ来て
燈火《あかり》小暗《おぐら》き夜の汽車の窓に弄《もてあそ》ぶ
青き林檎《りんご》よ

編者解説

「旅情」の発見――石川啄木『啄木歌集』

啄木石川一《はじめ》は、一九〇八年（明治四十一）四月五日、船で釧路を離れた。前年五月、家族解散後に北海道に渡って一年、四社目の新聞社を辞したのである。ときに啄木は二十二歳であった。

函館から汽車で小樽に行って妻子と母親を函館に移し、東京での生活の目途が立ったら必ず呼び寄せる、と言い置いて旧友・宮崎郁雨《いくう》に託した。その郁雨から旅費と当面の生活費を借りた。

船旅三日で着いた横浜から上京すると、まず与謝野鉄幹・晶子夫妻のもとに身を寄せた。四月二十九日、本郷菊坂の下宿屋赤心館に同郷・年長の友人、金田一京助を訪ねた。

着たきりの綿入れにちびた下駄、五分刈りにした啄木の頭には皮膚病の結果のハゲが三ヵ所あった。手にした四角な風呂敷包みの中は、彼がこの時期から自分の「作品」と考えていた日記と、自分が書いた記事・コラムの切り抜きであった。

　金田一京助は、かつての啄木の天才気取りが影をひそめ、見栄もやせ我慢もきれいに洗い流された素直さが出ていることに驚いた。「北海道放浪」の成果であろうか。五月五日、啄木は金田一の口添えで赤心館二階の六畳間に入った。賄《まかな》い付きで月十円であった。

　小説家として身を立てるつもりの啄木は、五月八日の日記に、「夏目の〝虞美人草〟なら一ヶ月で書けるが、西鶴の文を言文一致で行く筆は仲々無い」と記した。『虞美人草』は前年、漱石が東京朝日新聞に入社して最初に連載した小説で、自分にはまだリアリズムの描写力がないと啄木はいいたいのだが、やはり生意気であった。

　五月十八日、六十六枚まで書いた「菊池君」と題した最初の小説を中断、「病院の窓」の稿を起こした。この作品は五月二十六日、九十一枚で終り、金田一京助が「中央公論」に持ち込んだ。啄木の創作意欲は六月に入っても衰えず、六月半ばまでの四十五日間で、小説六本分、合計二百五十枚を書き、さらに数作を書きかけた。ほかに詩を八編書き、短編十六本分の構想を練った。しかし小説はまったく売れなかった。

　この間、啄木は金田一京助から十七円借りて、そのうち十円を、うるさく催促する下宿屋に入れた。六月十六日、小説家・川上眉山の自殺を知った。原因は生活難だと新聞に出ていた。

六月二十三日から雨になった。その日の夜、啄木はふと思い立って短歌をつくりはじめ、二十四日の明け方までに五十五首、徹夜した二十四日の午前中に五十首つくった。二十四日の夜、本郷通りで会った知人から国木田独歩の三十六歳での死を知らされた。文芸で生きるのはむずかしい。

六月二十五日になっても歌は湧きつづけた。「何を見ても何を聞いても皆歌」になった。二十五日夕方、本郷通りで赤い百合を買ってきて白百合だけの花瓶に一本挿した。それから二十六日午前二時までに百四十一首つくった。

雨があがるとともに啄木の作歌衝動は沈静したが、三日間で作った合計二百四十六首は、啄木の代表歌として歌集『一握の砂』のなかばを占めることになった。

多くの歌が北海道の記憶、とくに鉄道での移動とその車窓からの眺めに材をとり、そこに自己憐憫と自己愛が投影されている。さらに移動する人、移動を余儀なくされている人が、その土地で日常を営む人々の生活を束の間のぞきこんで持つ感慨を歌っている。

これを「旅情」というなら、汽車旅の「旅情」は北辺を旅する若い啄木によって

「発見」され、「定着」されたのである。

啄木は、なぜ明治四十一年六月下旬、突然作歌衝動に駆られたか。それは彼の経済的無力のせいだと思う。月末までに遅れた六月分の下宿代を入れなくてはならないが持ち金はゼロ、何か策を講じなければと考えても何もない。そんな強烈な焦燥がもたらした補償心理が、結果、彼の代表歌をもたらしたのである。

網走まで

志賀直哉

宇都宮の友に、「日光の帰途《かえり》には是非お邪魔する」と云ってやったら、「誘って呉れ、僕も行くから」と云う返事を受け取った。

それは八月も酷《ひど》く暑い時分の事で、自分は特に午後四時二十分の汽車を選んで、兎に角その友の所まで行く事にした。汽車は青森行である。自分が上野へ着いた時には、もう大勢の人が改札口へ集って居た。自分も直ぐ其仲間へ入って立った。

鈴が鳴って、改札口が開かれた。人々は一度にどよめき立った。鋏の音が繁く聞え出す。改札口の手摺へつかえた手荷物を口を歪めて引っぱる人や、本流から食《は》み出して無理に復《また》、還ろうとする人や、それを入れまいとする人や、いつもの通りの混雑である。巡査が厭な眼つきで改札人の背後《うしろ》から客の一人々々を見て居る。此処を辛うじて出た人々はプラットフォームを小走りに急いで、駅夫等の「先が空《あ》いてます、先が空いてます」と叫ぶのも聞かずに、吾れ先きと手近な客車に入りたがる。自分は一番先の客車に乗るつもりで急いだ。

先の客車は案の定すいていた。自分は一番先の車の一番後《うしろ》の一ト間に入った。後方《うしろ》の客車に乗れなかった連中が追々此処までも押し寄せて来た。それでも七分《ぶ》しか入って居ない。発車の時がせまった。遠く近く戸をたてる音、そのおさえ金を掛ける音などが聞える。自分の居る間《ま》の戸を今閉めようとした帽に赤い筋を巻いた駅員が手を挙げて、「此方《こちら》へいらっしゃい。こちらへ」と戸を開けて待って居る。所へ、二十六七の色の白い、髪の毛の少い女の人が、一人をおぶい、一人の手を曳いて入って来た。汽車は直ぐ出た。

女の人は西日のさす自分とは反対側の窓の傍《わき》に席を取った。又其処しか空いて居なかったので。

「母さん、どいとくれよ」と七つ許《ばか》りの男の子が眉の間にしわを寄せていう。

「ここは暑《あつ》ござんすよ」と母は背の赤児を下しながら静かに云った。

「暑くたっていいよ」

「日のあたる所へ居ると、又おつむが痛みますよ」

「いいったら」と子供は恐ろしい顔をして母をにらんだ。

「滝さん」と静かに顔を寄せて、「これからね、遠い所まで行くんですからね。若し途中で、おつむでも痛み出すと、母さんは本統に泣きたい位困るんですからね。ね、いい児だから母さんの云う事を肯《き》いて頂戴。それにね、いまに日のあたらない方の窓があくから、そうしたら直ぐいらっしゃいね。解りまして？」

「頭なんか痛くなりゃ仕ないったら」と子供は尚ケンケンしく云い張った。母は悲しそうな顔をした。

「困るのねえ」

自分は突然、

「此処へおいでなさい」と窓の所を一尺許りあけて、「此処なら日が当りませんよ」と云った。

男の子は厭な眼で自分を見た。顔色の悪い、頭の鉢の開《ひら》いた、妙な子だと思った。自分はいやな気持がした。子供は耳と鼻とに綿をつめて居た。

「まあ、どうも恐れ入ります」女の人は悲しい顔に笑《わらい》を浮べて、「滝さん、御礼を云って、あそこを拝借なさい」と子の背に手をやって此方《こっち》へ押すようにする。

「いらっしゃい」自分は男の子の手を取って自分の傍《わき》に坐らせた。男の子は妙な眼つきで時々自分の顔を見て居たが、少時《しばらく》して漸く外の景色に見入った。

「なるたけ、其方《そっち》ばかり見て居たまえよ、石炭殻が目に入るから」

こんな事をいっても男の子は返事を仕ない。やがて浦和に来た。此処で自分と向い合っていた二人が降りたので、女の人は荷と一緒に其処へ移った。荷といっても、女持の信玄袋と風呂敷包が一つだけだ。

「さ、滝さん、こちらへ御いでなさい。どうもありがとう御座いました」女の人はそう云ってお辞儀をした。動いたので今まで よく眠って居た赤児が眼を覚して泣き出した。母は、「よしよし」と膝の上でゆすりながら、「チチカ、チチカ」とあやすように云うが、赤児は踏反《ふんぞ》りかえって益々泣く。「おおよしよし」と同じような事をして、今度は、「うま、上げよう」と片手で信玄袋から「園《その》の露《つゆ》」を一つ出してやる。それでも赤児は泣きやまぬ。わきからは、

「母さん、あたいには」とさも不平らしい顔をして云う。

「自分で出して、おあがんなさい」といって母は胸を開けて乳首を含ませ、帯の間から薄よごれた絹のハンケチを出して自分の咽《のど》の所へ挟んでたらし、開いた胸を隠した。

男の子は信玄袋の中へ手を入れて探って居たが、

「ううん、これじゃないの」と首を振る。

「それでないって、どんなの？」

「玉の」

「玉のはない。あれは持って来なかった」

「いやだあ！　玉のでなくちゃ、いや」と鼻声を出す。

「其下にドロップが入ってますから、それをおあがんなさい。ね、いい児、ドロップでもおいしいのよ」

男の子は不承々々うなずく。母は又片手でそれを出して子の手へ四粒ばかり、それをのせた。

「もっと」と男の子が云う。母は更に二粒足した。

乳に厭きた赤児は、母の髪から落ちたバラフの櫛をいじって、仕舞にそれを口へ入れようとする。

「いけません」と母が其小さな手を支えると、赤児は口を開《あ》いて、顔を其方《そのほう》へもって行く。下の歯ぐきに小さく白い歯が二つ見えた。

「さ、うまうま」膝の上へ落ちた「園の露」を顔の前へ出すと、あーあーと云って居た赤児は黙って、眼の玉を寄せて暫く見つめていたが、櫛を放してそれを取る。そして握り拳のまま口へ入れようとする。其口元からタラタラと涎水《よだれみず》がたれた。

女の人は赤児を少し寝《ねか》せ加減にして、股《また》の間へ手をやって見た。濡れて居たらしかった。

「おむつを更えましょうね」こう独言のように云って更に男の子に、

「滝さん、少しそこを貸して頂戴、赤ちゃんのおむつを更えるんですから」

「いやだなア――母ァさんは」と男の子はいやいや起《た》つ。

「此処へお掛けなさい」と自分は再び前に掛けさせた場所を空けてやった。

「恐れ入ります、どうも気むずかしくて困ります」女の人は寂しく笑った。

「耳や、鼻のお悪いせいもあるでしょう」

「御免遊ばせ」と女の人は後《うしろ》を向いて包みから乾いたおしめと濡れたのを包む油紙とを出しながら、

「それもたしかに御座います」という。

「何時《いつ》頃からお悪いんですか」

「是《これ》は生れつきで御座いますの。お医者様は是の父が余り大酒《たいしゅ》をするからだと仰有いますが、鼻や耳は兎に角つむりの悪いのはそんな事ではないかと存じます」

腰掛に仰向けに転がされた赤児は的《あて》もなく何か見詰めて、手を動かして、あーあーと声を出していた。間もなくおしめを更え、濡れたのを始末して母は赤児を抱き上げると、

「ありがとう御座いました……サア滝さん、此方《こっち》へいらっしゃい」と云った。

「かまいません、此処へお出でなさい」と云ったが、男の子は黙って立って向う側へ腰かけると直ぐ窓へよりかかって外をながめ始めた。

「まあ、失礼な」女の人は気の毒そうに詫を云った。

少時《しばらく》して自分は、

「どちら迄おいでですか」と訊いた。

「北海道で御座います。網走《あばしり》とか申す所だそうで、大変遠くて不便な所だそうです」

「何《なん》の国になってますかしら？」

「北見だとか申しました」

「そりゃあ大変だ。五日はどうしても、かかりましょう」

「通して参りましても、一週間かかるそうで御座います」

汽車は今、間々田《ままだ》の停車場《じょう》を出た。近くの森から蜩《ひぐらし》の声が追いかけるように聞える。日は入った。西側の窓際に居た人々は日除け窓を開けた。涼しい風が入る。今しがた、母に抱《だ》かれたまま眠入《ねい》った赤児の一寸《すん》ばかりに延びた生毛《うぶげ》が風におののいて居る。赤児の軽く開いた口のあたりに蠅が二三疋うるさく飛びまわる。母はじッと何か考えて居たが、時々手のハンケチで蠅をはらった。少時して女の人は荷を片寄せ、其処へ赤児を寝かすと、信玄袋から端書《はがき》を二三枚と鉛筆を出して書き始めた。けれども筆は却々《なかなか》進まなかった。

「母ァさん」景色にも厭きて来た男の子は、ねむそうな眼をして云った。

「なあに？」

「まだ却々？」

「ええ、却々ですからね、おねむになったら母ァさんに倚りかかって、ねんねなさいよ」

「ねむかない」

「そう、じゃ、何か絵本でも御覧なさいな」

男の子は黙って首肯《うなず》いた。母は包の中から四五冊の絵本を出してやった。中に古いパックなどが有った。男の子は柔順《おとな》しく、それらの絵本を一つ一つ見始めた。其時自分は、後《うしろ》へ倚りかかって、下目使いをして本を見て居る男の子の眼と、矢張り伏目をして端書を書いて居る母の眼とが、そっくりだという事に心附いた。

　自分は両親に伴われた子を——例えば電車で向い合った場合などに見る時、よくもこれらの何の類似もない男と女との外面に顕れた個性が小さな一人の顔なり、身体《からだ》つきなりの内に、しっとりと調和され、一つになって居るものだと云う事に驚かされる。最初、母と子とを見較べて、よく似て居ると思う。次に父と子とを見較べて矢張り似て居ると思う。そうして、最後に父と母とを見較べて全く類似のないのを何となく不思議に思う事がある。

　今、此事を思い出して、自分は此母に生れた此子から、その父を想像せずに居られなかった。そうして其人の今の運命までも想像せずに居られない。

　自分は妙な聯想から此女の人の夫の顔や様子を直ぐ想い浮べる事が出来た。自分が元いた学校に、級はそれ程違わなかったが年はたしかに五つ六つ上で、曲木《まがき》という公卿華族があった。自分は其男を憶い出した。彼は大酒家《たいしゅか》であった。大酒をしてはいつも、大きな事を云って居た。鷲鼻の青い顔をした、大柄な男で、勉強は少しもしなかった。二三度続けて落第して、とうとう自分で退学して了ったが、日露戦争後、上州製麻《じょうしゅうせいま》株式会社とかいうの社長として、何かの新聞で其名を見たぎり、今はどうして居るか更に消息を聞かない。

自分は不図《ふと》此男を想い浮べて、あんな男ではないかしらと思った。然し彼は大言壮語をするだけで別に気六ヶ《むつか》しいという男ではなかった。何処か快活で、ヒョウキンな所さえあった。尤も、そんな性質はあてにならぬ事が多い。如何に快活な男でも度々の失敗に会えば気六ヶしくもなる。陰気にもなる。きたない家の中で弱い妻へ当り散らして、幾らか憂いをはらすと云うような人間にもなる。

此の子の父はそんな人ではないだろうか。

女の人は古いながらも縮緬《ちりめん》の単衣《ひとえ》に御納戸《おなんど》色をした帯を〆て居る。自分には、それらから、女の人の結婚以前や、其当時の華やかな姿を思い浮べる事が出来る。更に其後《そのご》の苦労をさえ考える事が出来た。

汽車は小山《おやま》を過ぎ、小金井《こがねい》を過ぎ、石橋《いしばし》を過ぎて進んだ。窓の外は漸く暗くなって来た。

女の人が二枚端書を書き終った時、男の子が、

「母ァさん、しっこ」と云い出した。此客車には便所が附いていない。

「もう少し我慢出来ませんか？」母は当惑して訊いた。男の子は眉根を寄せてうなずく。

女の人は、男の子を抱くようにして、あたりを見廻したが別に考もない。

「もう少し、待ってネ?」と切《しき》りになだめるが、男の子は身体をゆすって、もらしそうだという。

間もなく汽車は雀《すずめ》の宮《みや》に着いたが、車掌に訊くと、其間《ま》はないから此次になさい、という。此次は宇都宮で八分の停車をする。

宇都宮まで、どんなに母は困らされたろう。其内に眠って居た赤児も眼を覚した。母はそれへ乳首を含ませながら、只、

「もう直《すぐ》ですよ」という言葉を繰り返して居た。此母は今の夫に、いじめられ尽して死ぬか、若《も》し生き残ったにしても此児に何時《いつ》か殺されずには居まいと云うような考も起る。

やがて、ゴーウと音をたてて、汽車はプラットフォームに添うて停車場へ入った。未だ停らぬ内から、

「早くさ早くさ」と男の子は前こごみに下腹をおさえるようにしていう。

「さあ、行きましょう」母は膝の赤児を腰掛けに下《おろ》し、顔を寄せて、「柔順《おとな》しく待ってて頂戴よ」といい、更に自分に、「恐れ入ります、一寸見てて頂きます」

「よう御座います」と自分は快く云った。

汽車は停った。自分は直ぐ扉を開けた。男の子は下りた。

「君ちゃん、柔順しくしてるんですよ」と其処を離れようとする背後《うしろ》から、手を延べて赤

児は火のついたように泣き出した。

「困るわねえ」母は一寸ためらったが、包から、スルスルと細い、博多の子供帯を出すと、赤児の両の腋の下を通して、直ぐ背負おうとしたが、袂から木綿のハンケチを出して自身の襟首へかけ、手早く結《ゆ》いつけおんぶにして、プラットフォームへ下り立った。自分も後《あと》から下りて、

「じゃあ、私は此処で下りますから」といった。女の人は驚いたように、

「まあ、そうで御座いますか……」と云った。そして、

「色々、ありがとう御座いました」と女の人は叮嚀にお辞儀をした。

人ごみの中を並んで歩き出した時、

「恐れいりますが、どうか此端書を」こういって懐から出そうとするが、博多の帯が胸で十文字になって居るので、却々出せない。女の人は一寸立ち止った。

「母ァさん、何してんの」と男の子が振りかえって叱言《こごと》らしく云った。

「一寸、待って……」女の人は頤《あご》を引いて、無理に胸をくつろげようとする。力を入れたので耳の根が、紅くなった。其時、自分は襟首のハンケチが背負う拍子によれよれになって、一方の肩の所に挟まって居るのを見たから、つい、黙ってそれを直そうと其肩へ手を触れた。女の人は驚いて顔を挙げた。

「ハンケチが、よれていますから……」こう云いながら自分は顔を赧らめた。

「恐れ入ります」女の人は自分がそれを直す間、ジッとして居た。

自分が黙って肩から手を引いた時に、女の人は「恐れ入ります」と繰り返した。

吾々は、プラットフォームで、名も聞かず、又聞かれもせずに、別れた。

自分は端書を持ったまま停車場の入口へ来た。其処に函のポストが掛ってあった。自分は端書を読んで見たいような気がした。又読んでも差支えないというような気もした。

自分は一寸迷ったが、函へよると、名宛を上にして、一枚ずつそれを投げ入れた。入れると直ぐもう一度出して見たいというような気もした。何しろ、投げ込む時ちらりと見た名宛は共に東京で、一つは女、一つは男名であった。

網走までどうやってたどりつく？——志賀直哉「網走まで」

一九〇八年（明治四十一）、二十五歳の志賀直哉がはじめて書いた短編小説は、「網走まで」という題名なのに、語り手が宇都宮で汽車を降りてしまうので読者の困惑を誘う。

当時、東京帝国大学文科大学英文科三年生だった志賀直哉は、夏目漱石担当以外の授業には興味が持てず、卒業要件を満たせそうにないままに、二年後に同人雑誌「白樺」を創刊する仲間たちと、経済の心配なく「友達耽溺」（里見弴「青春回顧」）の暮らしを送っていた。一九〇八年夏も宇都宮の友人を訪ね、そのあといっしょに日光へ行くつもりで、上野から青森行きの列車に乗った。

三等車の狭いコンパートメントで相客となったのが、三つか四つくらいの男の子の手をひき、女の赤ちゃんをおぶった二十六、七の「色の白い、髪の毛の少い」女性であった。男の子は耳と鼻に綿を詰めている。

どこまで行くのかと女に尋ねたら、網走まで、という。網走といわれてもこの時代、普通は首をひねるばかりだろうが、語り手には、北海道の東の果てに近いところだと見当がついた。五日はかかるのではないかというと、彼女は一週間かかるとこたえた。男の子は頑固でわがまま、赤ん坊は手がかかる。男の子の病気は、大酒飲みの父親の遺伝ではないか、と女はいう。まだ若いのに生活に疲れた風情の女の着物は古びてはいるものの、もとはよいものだったとわかる。顔立ちも悪くない。

語り手の青年には、彼女の「結婚以前や、其当時の華やかな姿を思い浮べる事が出来る」が、同時に、若い「此母は今の夫に、いじめられ尽して死ぬか、若《も》し生き残ったにしても此児《こ》に何時《いつ》か殺されずには居まいと云うような考も起」った。「此児」とは病気らしい男の子である。要するに、ひどい不運を背負った女性と見えた。

間々田《ままだ》で日が暮れた。女は長旅の割には少なすぎる荷物の中から「端書《はがき》を二三枚と鉛筆」を取り出して、書き始めた。小金井、石橋と過ぎて、男の子がおしっこをしたいとむずかった。この客車に便所はない。宇都宮駅まで我慢しなさい、と女は聞き分けのない男の子を叱った。

上野を出て二時間半、列車は宇都宮に着いた。女は語り手の青年に、子どもを連れて便所に行くから赤児を見ていてくれないか、と頼んだが、赤児が泣き出したので、赤児を背負い直して荷物を持ち、男の子の手を曳いてプラットホームを歩き出した。自分は宇都宮で降りる、と青年がいうと、女は、駅の郵便ポストにいれてくれないか、と端書を託した。二人は「名も聞かず、又聞かれもせずに、別れた」。青年は端書を読んでみたい誘惑にかられたが、結局読まずに投函した。「名宛は共に東京で、一つは女、一つは男名であった」。

それにしても、この女性は、どうやって網走までいくのだろう。

青森まではいい。青函航路もこの年三月に国営となったから函館までも行けるし、時間はかかるが、函館本線で小樽を経て札幌、札幌からは上川線で旭川まで行ける。前年一九〇七年秋、十勝線狩勝トンネルが完成したので、旭川から釧路までも行ける。しかしその先が問題なのだ。釧路から山脈を越えてオホーツク海方面、網走に行く鉄道はない。陸路は難路なので、釧路からは国後《くなしり》、択捉《えとろふ》まわりの船で行くよりなさそうである。各駅停車のように網走に向かう船は不定期であるうえに天候に左右されるから、何日かかるかわからない。

いったい何をしに網走にゆくのだろう。彼女の亭主という男は何をしているのだろう。子連れの女の不運がいっそう際立つ。

網走へ行くと聞いた青年の驚きの大きさと、同情しても詮ないというあきらめが、簡明な文体のうちに読み取れる。この小説は、直哉が東大文科大学の雑誌「帝国文学」に投稿したがボツになり、二年後、一九一〇年春の「白樺」創刊号に掲載された。

煤煙（抄）

森田草平

三十二（抄）

二人は門を出た。要吉は何処へ行くとも告げないで、前《さき》に立って歩いた。門跡前から蔵前の通りへ出て、須賀橋詰の或銃砲店の前迄来ると、つとその店へ立寄った。少時《しばらく》経ってその店を出たが、路傍の柳の下で待合せた女の側へ来て、

「ね、拳銃《レボルバア》は売るが弾丸《たま》は売らないそうです。近頃新聞なぞの広告を見て、警察の認可証がなくとも可いことになったんだろうと、一人極めに極めていたんですが——」と言いながら、何だか自分の行為がわざとらしいような気がして、女の手前恥かしかった。要吉のつもりでは、只こうして自分をぐんぐん引返し難い境地に連れて行きたかったのだ。

「そうでしょう」と、女は平気でいる。

「そうだ、貴方に訊けば分るんでしたね。お宅には屹度《きっと》ある筈だ。」

「ええ、ですが父の居間に所蔵《しま》ってあるんですから。」

二人は足の向いた方へ宛もなく歩いて行く。

「それでなけりゃ不可《いけ》ないんですか」と、ややあって、朋子は一言ずつ区切りながら言った。「短刀なら、私が持っていますが。」

短刀！　要吉は右の腕が痙攣するように覚えて、窃《そっ》と自分の掌の甲を見遣った。

「此処に？」

「直ぐ自宅へ帰って取って参ります。」

男は稍《やや》躊躇《ため》らった。

「是非それにして、是非——私はそれが好い」と、女は急に子供の強請《ねだ》るような容子《ようす》をして見せた。

「じゃ、私は何処で待っていましょう？」

女は腫れぼったい眼瞼《まぶた》を伏せたまま、少時考えて、「停車場なら、田端が一番近いんですが！」

「田端に？」

二人は落合う先を約束した。それから又電車に乗って、上野山下まで来た。男は人力車を傭って女を載せながら、

「貴方の来るまで、私が耐えさせられる苦痛を記憶《おぼ》えていて下さい。」

朋子は眼で点頭《うなず》いた。女の乗った車は見る間に屏風坂の方へ走り去った。

それを見送ったまま、要吉は二たび上野の停車場へ出て汽車で田端へ来た。

崖についた坂を上って、道の二筋に分れる処に、一軒御休憩所《おやすみどころ》とした家を見附けた。二階へ上って見たが、気ならぬままに又その家を出た。その辺の雑木林の中へ這入って、小路という小路を隈《くま》なく歩いた。

午後一時になった。前の家へ戻って見たが、朋子は未だ来ていない。何よりも考えるのが怖ろしいので、又引返して村の中へ這入った。裏の菜畑の中に的を設けて、白髪の隠居と酒屋の御用聞きらしいのとが夢中になって大弓を引いていた。其処にも久《しば》らく立って見ていた。

何時の間にか、空がどんよりと曇った。一歩二歩と村を出て、われにもなく駒込へ行く道を辿った。この辺は一体につい先頃迄田圃の中であったが、両側に新しい借家が建って、だんだん町を形造って行くらしい。今も屋根に梯子を掛けて、「酒醤油卸小売所」と筆太に看板を書いている男があった。犬が二疋駈けて来て、往来の真中に咬み合っていたが、又向う裏の空地へ駈けて行った。何だかこんな些細な事にも心を取られるのが自分ながら可訝《おか》しい。

駒込避病院下の坂まで来て、一寸《ちょっと》立停ったが、又徐々上って行った。

（中略）

九時を打った。要吉は外套を被《はお》って戸外《そと》へ出た。木下闇の暗い坂を降りて、停車場の時間を見に行ったが、十時五分に高崎行の終列車があることを見定めて戻って来た。この家の勘定を済まして、何時でも立たれるようにして置いて、壁に凭《もた》れたまま眼を閉じた。戸外の夜風が耳に附く。幾度か物音に驚いて立上った。最後に一輛の人力車《くるま》の駈けて来る音がして、坂の上で停ったかと思うと、車夫《くるまや》が声高に物を訊ねる声がして、車上の女の声も交った。

要吉が梯子段を駈け降りた時には、車夫が気立《けたた》ましく大戸を叩いて、女中が遽《あわ》てて戸を開ける所であった。朋子は黒絨《くろせる》のコートを着て、せいせい息を切らしながら土間へ這入って来た。

二人は二階へ駈上って、少時顔を見合せたまま、何とも言うことが出来なかった。

朋子は終に親の家を棄てた。要吉は人の世に許されざる罪を犯した。ああ、二人とも失われた。

女は男の腕《かいな》に身を委ねたまま長く離れなかった。

「じゃア直ぐに。未だ終列車には間に合う。」

朋子は点頭《うなず》いた。その儘《まま》二階を駆け降りて、戸外へ出たが、終列車は恰度《ちょうど》凄じい音を立てて停車場へ着く。二人は転ぶようにして暗がりの坂を降りた。停車場の入口へ着いた時、死ぬ場所と云うことがこの間際になって急に頭へ泛《うか》んだ。

「山か、海か。」

要吉は声に力を込めて叫んだ。

「山」と女は一言答えた。

直ぐに切符売場へ行って、西那須野駅行の切符を二枚買った。

女はこの時既にブリッジを渡っていた。要吉は後から走り着いた。車掌が二人を乗込ませて、礑《はた》と戸を閉めた時、汽車は動き出した。

二人は車室の片隅に座を占めて、ほっと息を吐いた。二三の旅客は頭を擡げて此方を見遣ったが、何やら懶《ものう》げに呟いて、又背後へ凭れるのも横になるのもあった。何だか沙漠をうろついて、隊商の天幕《テント》の中へでも闖入したような心持である。

汽車は武蔵野へ出た。平野の暗闇を劈《つんざ》いて走るので、車輪の音が一層大きく聞えた。それが遠く遠くなるかと思うと又自分の身体の上へ突掛けるように大きくなる。天井から下った薄暗い洋燈《ランプ》の光を見詰めていると、汽車は前へ進むのか後へ退るのか分らない。

その薄暗い洋燈の下に、殺す人と殺される人とは無言で相対した。女の顔は影に包まれて動かない。男は二たび殺されるものは女じゃない、自分だと思った。女が憎い、汽車はこの二人だけ乗せて暗闇の中へ突入《つきい》ったまま、再び帰らないようにも思われる。やがて大宮へ着く。要吉は女を促して汽車を出た。明日の朝汽車を待って東北へ向う積りである。他に行くべき場所も手段も残されないように、此処で降りたのは何のためか分らない。二人は停車場を出て大通りを一町許り行ったが何処の家も寝鎮っている。唯一軒大戸を開けた家を見附けて、その二階へ上った。

要吉は女中が出て行くのを待兼ねたように、何か言出そうとして、不図《ふと》、女の容子に眼を留めた。女は座蒲団の上に端然《きちっ》と坐ったまま、一人で考えている。何を考えているのか、それも解らない。が、そんな筈じゃない、何うもそんな筈じゃない、――折角言い掛けたことも言いそそくれて、少時手持無沙汰にしていたが、やがて、

「二人とも失われた。今夜は再び返らない」と、独言のように言って見た。

「今夜じゃない」と、女は自分の前を見詰めたまま「最初お手紙を頂いた時から、私は二たび取返されないと思っていた。」

要吉は思わず女の顔を見返した。何か言いたいと思っても言うことがない。少時して、

「お宅《たく》じゃもう知れたろうか。」

「今夜は大丈夫でしょう」と言って、やや俯向き加減になったが、「表の方から出ようとすると、一寸開けても門が鳴るようになってますから、裏から出たんです。夕方雨戸を自

分で閉めて、わざと一枚だけ残して置いて——」

「それでお家の方の気が附かない？」

「ええ、でも少し狭過ぎたから、それを開けるのに気が苛《いら》って、大変でした。」

男はうっそり女の額を見詰めた。この女の無教育な小娘らしい仕業を聞くのが、訳もなく心嬉しい。

「今日途中で逢った時は、何をして被坐《いら》した？」

「彼岸だもんですから牡丹餅《おはぎ》を作らされちゃったんです。」

それを聞くと、要吉は始めて女の家庭に面したような心持がして、何とも言われなくなった。

（中略）

今夜家を出る前に、女は手紙と一緒に焼くつもりで、久しく捨てて置いた日記を取出した。一枚ずつはぐって行く間《うち》に、不図《ふと》、一月末の或日の下に真黒に塗消した跡を見附けて、胸を騒《ざわ》つかせながら、遽《あわ》ててその前後を読んで見た。ああ、あの日から始まった、あの日から——だが、こんなにして自分にさえ隠そうとした事を、何うして男の前に打明けたのか、男の手に自分の生命を委ねたのか。矢張り自分は弱かった——左様思うと堪らない。男に対する女の憎悪はいよいよ容赦がなくなった。女は自分を滅した男を滅さずには置かない。

日記の反古が白い灰になったのを見済まして、女は筆を執って二三行書下した。

我生涯の体系《システム》を貫徹す。われは我がcauseに因って斃れしなり。他人の犯す所に非ず。

三月二十一日夜　　　　真　鍋　朋

今一枚には

拝啓、我が最後の筆蹟に候。今日学校に行きませんと申せしは、実は死すとの事に候。願わくば君と共ならざるを許せ。君は知り給うべし、われは決して恋のため人のために死するものに非ず、自己を貫かんがためなり、自己の体系《システム》を全うせんがためなり、孤独の旅路なり。天下われを知るものは君一人なり。我が二十年の生涯は勝利なり。君安んぜよ。而して万事を許せ。さらば。

明治四十一年三月二十一日

宛名は王子の友にした。併し読ませるのは相手の男であった。自分が息絶えて、男の心の中の記憶と化した後、この遺書を読んだとしたら、男の失望は何《ど》んなであろう。若し又光の薄い獄窓の下で読んだとしたら、恐らく悶え死なない者はあるまい。女は自分の死後になお男の運命を支配する力を自覚して、唇を噛んだまま、片頬に刃のような冷笑を泛べた。

朋子は今その時の形相を自分ながら眼に見るような気がした。何でも可い、もう何でも可いから早く決行して仕舞いたい。

(後略)

三十三

やがて宿でも起出たと見えて、階下《した》ががたつき出した。ばたばたと廊下を歩く草履の音も聞える。要吉は何度も女を呼んで見たが、皆忙しそうにして返辞をしない。

「何うしたのでしょう。昨夜《ゆうべ》一番汽車で立つからと言って置いたが」と、又時計を出して見ながら、「もう汽車の着く時間ですね。」

朋子も何やら落着かぬらしい。で、

「この儘立ちましょうか」

「ええ。」

二人は身仕度をして立上った。

街には朝靄がかかって、未だ人通りはない、人力車《くるまや》の立場らしい家の軒から一本の竿が出て、その頭に汚ない旗が湿《しっ》とりして垂れている。楊枝を啣《くわ》えた男が車の輪を拭いている。

停車場の振鈴《ベル》が鳴る。二人は遽てて駈附けた。プラットフォームに立って、待つ間程なく、上野発の一番列車が霧の中から現れた。

二人は又北に向って行く。朝の夙《はや》いためか、同乗の客は肥った商人体の男一人切りで、大きな革鞄に凭れたまま、昨夜の夢を続けていた。時々手枕の肘を外して、ぼんやり赤い筋の張った眼を開くが、直に又うとうとと寝附く。

二人は湯丹婆《ゆたんぽ》の上に足を揃えて腰掛けていた。晨朝《あかつき》の寒さは一しお身に徹《こた》える。

「これを着ては」と、要吉は手に持っていた女のコートを差出した。

「いえ、これで可《い》いんです」と、朋子はそれを受取って、「じゃ、こうしましょう」と、言いながら、二人の膝の上に被《か》けた。

その下で二人は手を繋いだ。

何時の間にか、客車の中へ朝日が射し出した。霜枯れた田圃の上に、煙の渦が影を落して、千疋の猿が狂い廻るように後へ後へと転がって行く。要吉は久《しば》らくそれに見恍《みと》れていたが、不図女が口元に笑っているのを見て、

「何？」

「ええ、唯。」

朋子の視線は前の男に注がれていた。昨宵《ゆうべ》から始めて女の顔を日影の下で見た。朋子は一寸羽織の袖を翳して、

「こんな色、全然《まったく》私とは調和しないでしょう。」

「なに、単色だから？」

「ええ、何日かリボンのこの色が所好《すき》だと仰有ったでしょう、だから態々《わざわざ》これを着て出たんです。」

女の髪には、濃いお納戸《なんど》色のリボンが差してある。男がそれに眼を遣ると、一寸右の手を上げて頭髪《あたま》を抑える真似をした。

「ああその手嚢は――」

「これ？」と男の前へその手を突出して、「早く一対にして下さいな。」

要吉は衣嚢《かくし》から手袋を出して、片方の手に一本ずつ指を持って穿めて遣った。女は黙っ

てそうされながら、だんだん男の前へ凭れかかるようにした。何だかそんな事で男の心を繫ごうとするものらしい。

やがて宇都宮へ着く。その時迄鼾《いびき》の音を立てて眠っていた商人体の男は、急に眼を開いて、大革鞄を提げながら、あたふたと降りて行った。少時窓の外に物売の声が騒々しい。やがて汽笛が鳴って、列車はがたりと動き出した。今度は二人の外に乗客もない。汽車は平野の中を駛《はし》った。

何をしに行く。二人になると共に、一層厳しくそれが男の心に迫った。女を殺しに行く。最初自分が「貴方なら殺せる」と口走った時、女は一番自分に接近して来たように見えた。あの時から見ると、今は又ずっと離れて仕舞った。終局に於て人間は矢張一人のものかも知れない。一人だ。が、一人だとすれば、この女とした約束を果すには、自分の女に求める力——愛の力に拠る外はない。併し酬いられざる愛の力が、それ程力あるものであろうか。

で、それが駄目だとすれば、後は只一種のエキスペリメントとして、芸術の徒の好奇心に手頼《たよ》るばかりだ。好奇心の犯罪——この上は只狂人になる外はない、飽迄自意識を失わぬ狂人になる外はない。

男は凝乎《じっ》と女の横顔を見詰めた。赤い糸のようなものが、一筋女の首を周って連なるように見えた。女は堅く口を結んだまま物を言わない。一人で考えている。自分が自分のことを考えているように、彼女も自身のことを考えて居るのであろう。只黙っていられるのが気懸りで堪らない。

「二人は」と、男は思わず口に出した、「二人は別々の事を考えているのだろうか。」

「え」と、女は何やら解らなそうな顔をしたが、急に男の手頸を掴んで振りながら、「別々じゃない別々じゃない。」

「ふむ、別々では死ねない。」

二人は長い間無言をつづけた。汽車は小さい停車場へ着く。

やがて又汽車の出るのを待って、要吉は独言のように言出した。「二人の何が――これが、普通《なみ》の金に詰ったとか、添うに添われぬとか云うような、そういう原因で死にに出たのなら、こんな圧迫は感じまい。その方が何の位好いか知れないだろう。」

朋子は一寸男を見返したまま返辞をしなかった、男もその儘口を噤んだ。

幾つも同じような小さい停車場がつづく。新に田舎者らしい三人の客が乗込んだ、要吉はぼんやりそんな人達の容子を眺めていたが、

「ねえ」と、女の方へ振向いて、「貴方は東北を旅行したことがあるか。」

「ええ、一度平泉まで。」

「じゃ、衣川や高館の跡も見て来たんですね。」

女は鷹揚に点頭いた。

夏草やつはものどもが夢の跡。要吉は目の前に死後の長い時間と広い空間とを泛べて見た。で、何か言おうとした時、汽車が停車場へ着く。西那須野駅と聞いて、女を促して、遽てて客車を降りた。

うねうねと東北の野に向って遠ざかり行く列車を見送りながら、二人は停車場を出た。別に行くべき処もない。車夫《くるまや》の親方らしいのが傍へ来て勧めるままに、人力車《くるま》を二台塩原まで急がせた。塩原は此処から五里に余るという。

那須野は只ひろびろと霜枯れた草野がつづく。一面に灌木の木の葉が赤く枯れて、所々に蒼い松の葉が交った。行手の雪を被った山脈から吹卸す風は春のものとも思えぬ。一筋の街道が枯野の中を真直に走った。上りだというので、車夫は緩々《のろのろ》と曳いて行く。固より何んな人を乗せて行くかは知る筈もない。薄い日影が女の肩を照していた。

原の真中で、朋子は俄に人力車を停めさせた。

「何うかした？」と、後の人力車に乗った要吉が訊く。

「いえ、只風が眼に沁みて痛いから。」

二台の人力車は又駛《はし》り出した。山の麓に杉の樹立がある。この村迄来れば道の半ばだという。少時そこで休憩《やす》んだ後、いよいよ坂道へ差懸った。雨の降った後で泥濘《ぬかるみ》が多い。山路は九十九折《つづらおり》に紆《うね》って、深い谷底には箒川の浅瀬も見え出した。湯の宿へ近づくに伴《つ》れて、山の気が冷やかに、山蔭に雪が積って、木の葉の落ちた枝が黒い網のように連なった。車夫はくどくどと塩原の名勝を説く。煩《うる》さいから黙っていると、心得て更に言葉を継ぐ。

日暮近く湯の宿に着いて、二階の新しい座敷に案内された。山国の朝夕寒く、大火鉢に炭火の青い炎を上げるのが懐かしい。二人はその側へ寄って坐ったが、酷く労《つか》れたようで、向い合ったまま物を言わない。一夜の合宿に知らぬ同志が泊り合せたら、こんなものかも知れない。

下婢《おんな》が来て、「お風呂へ御案内しましょう」という。山国の男が着るような袴を穿いている。

要吉は黙って朋子を見返った。女は頭振《かぶり》を掉《ふ》ったので、

「後にするから、」と、断ると、

「それでは、直ぐ御膳を差上げます。」

白い円笠の台洋燈が持出された。二人はその下で夕餉の箸を上げた。

「私はこれ迄貴方の前で何度物を喰べたろう。あの時この時、殆ど数えられる。これから

も何度喰べるか。」

朋子はただ下を向いていた。

やがて食事が終った。長い廊下は寂《せき》として、客は二人の外にありとも覚えぬ。早くから雨戸を繰ったが、山嵐は絶えず庇《ひさし》を吹きまくって、早瀬の音が耳につく。

「一寸その手紙を見せて下さい。」

「え、これ？」

女は包を開いて手紙の束を男に渡した。

「随分ある」と、要吉は自分を冷笑《あざわら》うように言った。

「尤もジョールジオは三年間に一人の女へ二百何本という手紙を書いた。」

「ええ、でも私達はそれより烈しいことがあった。一日に二本のことも。」

二人は洋燈《ランプ》の下に頭を寄せた。要吉はその中の一本を手当り任せに取って中味を抜き出そうとしたが、偶《ふ》と今見たら修辞的《レトリカル》な誇大な文句ばかり並べて、死んだ人の墓銘を見るように、空虚な文字に代っているような気がしたので、手に持ったままやや躊躇した。

「何だか出して見るのが怖い。寧《いっ》そ止めましょうか。」

「お止めなさい」と、女は引たくるように取上げた。

そこへ宿の主人が出て、茶代の礼を述べてから、宿帳を出して引退った。要吉はそれを取上げて、有体に二人の住所姓名を記けた。

朋子も傍から見ていたが、にっと笑ったまま、何とも言わなかった。又自分一人の中へ引込んで、相手の男のことも忘れたように見えた。要吉は少時それを見守っていた。何も言うことがない。強いて言えば、この場に応わしくない聯想を招くのが心苦しい。

「湯へ入ろうか」と、やがて男が堪え兼ねたように口を開く。女はただ頭振を掉った。

「汽車の煙にも吹かれたから、一寸汗を流して置いた方が可い。」

「お留守番をしてますから、先ず行ってらして。」

「じゃ、後からね」と、男は立上った。

「ええ、清冽《きれい》な湯だったら」と、追掛けるように言う。

それを聞捨てたまま、手拭を下げて湯殿へ降りる。板の間に着物を脱いで、浴槽《ゆおけ》の中に立った。槽は木の臭いのする程新しい。湯は絶えず樋を伝って流れて来て、槽の縁を越して落ちて行く。天井の下に立罩《たちこ》めた湯気は夜深の寒さに凝って、一しお息苦しい。

要吉は片肘を槽の縁に託したまま、柱に掛けた洋燈《ランプ》の火影を見詰めていた。濃い湯気の玉がその前をぐるぐると廻って、月暈《つきかさ》のような輪をえがく。眼を離さないで、凝乎とそれを眺めていると、だんだん燈火《ともしび》の光が遠くなって行く。こうして幾重にも白い湯気に包まれて、その奥に閉籠められたまま、自分は二たび帰らないのであろうか。だんだん気も遠くなって、樋を落ちる湯の音だけが、山の猪が来て水を飲むように、ぺちゃぺちゃと聞えている。只、それだけでこの世に繋がれているようだ。このまま、水の上に泛んだまま、二たび眼を開かなかったら——二たび二階に残した女を見なかったら——

不意に湯殿の戸を開く音がして、われに返った。誰やら這入って来たらしい。恰度洋燈《ランプ》の下に立っているので、男とも女とも見分け難い。何か物を言ったらしいが、好くは聴取れなかった。間もなく、板仕切りを距てた女湯の方から、ひそやかに湯を使う音が聞えて来た。

要吉は匆卒《そこそこ》に濡れた身体を拭いて風呂場を出た。薄暗い廊下伝いに、裏梯子から二階へ上った。何《ど》の部屋も灯火《あかり》が点いていない。

座敷へ戻って見ると、有明を一つ点火《とも》して、二つとも寝床が延べてあった。何処へ行ったのやら、朋子の姿は見えない、要吉はひとり火鉢の前に坐って待っていた。

やがて女も湯から上って来た。髪を洗ったと見えて、ちぢれ毛が肩に波を打っていた。その足で衣桁に濡手拭を掛けて来たが、真中へ鏡台を持出して、その前に坐った。油気のない髪だから直に束ねようとするらしい。要吉は只その女らしい手附を眺めていた。あの長い髪をあの細い頸に巻附けて、力任せに引いたら——ふらふらと、そんな心持にもなった。恰度女は彼方《あちら》を向いている。何だか腕の力が抜けたような気がして、纔《わずか》に擡《もた》げた腰を卸した。今自分が何をしているか、それを知っていて人殺しが出来ようか。無意識になる外はない、一瞬の誘惑に駆られる外はない。自分の力で、自由意志を以て、人間が人間を殺せるものか。殺すものは——何か知らぬ——自分以外の或物だ。或物の道具とならなけりゃ殺せるものではない。

「ね、髪を束ねないで、その儘で居て下さい。」男が急に声を掛けた。

「え」と、朋子は振返った。

「髪を垂れた方が美しい。」

女はつと立上って男の側へ来た。男は女の背へ手を廻して抱えた。指が濡れた髪の毛の中へ這入る。不図それが血汐のぬめりのような気がした。その時女は男の腕に身を委ねたまま、そっと懐の短刀を出して、男の手に握らせた。有明の灯に透して見ると、黒鞘の短い懐剣である。

「早く、早くして。」

男はそれを握ったまま、思わずたじたじとなった。この儘では——この儘では何うすることも出来ない。

「ねえ、貴方は」と、水に溺れる人のように、女の手を攫みながら、「貴方は私のために死に、私は貴方のために死ぬ。そう言って下さい。私を愛すると、唯一言。」

その一言で自分は拯《すく》われるのだ。我を忘れることも出来る。そしたら――けれども、女は只黙っている。

「言えない、え、言えない？」

「その時迄、その時迄言えない。」

要吉は女を引起して、凝乎とその顔を見入った。女はその眼を避けるように、彼方此方《あちこち》自分の顔を持扱いながら、つと男の膝に突伏して泣く。涙は着物を透して煮えるように熱い。

男は女を抱えたまま、何とも言われない苦悶を経験した。何故言えない、何故その一言がこの女には――が、言えぬものなら仕方がない。今更何と言った所で、それが何なるものか。女は一直線に思い込んでいる。それに自分は――自分は生温い水だ、熱くもなければ冷たくもない、基督《キリスト》の口から吐出されるような生温い水だ。一種の実験《エキスペリメント》として、人殺しの出来るような超人でもなければ、又われを忘れて狂暴を敢てするような狂人でもない。矢張自分には人間以上の力はなかった。そんな物があるように思ったのは、真個《まったく》一時の妄想に過ぎない。ああ、自分は一生の危機に臨んで居る。何と言った所で、自分はこの女を失う外ないかも知れない。この女を失うばかりでなく、自分というものの霊魂《たましい》をも――

かくて夜の白むまで、二人はこの姿勢の儘動かなかった。それは人間の一生のように長たらしい、又人間の一生の様に短い夜であった。

二人は又次の日の光を見た。

有明の丁字が落ちて、ぽっと薄白い炎を上げたが、その儘夢のように消えた。火皿に油が尽きたのだろう。何処かで雨戸を繰る音が聞える。

女は男の腕に顔を伏せたまま、息があるものと思えない。要吉はそっと身体を揺振っていた。

「ね、又夜が明けた。」

女は動かない。

「今頃御宅《おうち》じゃ——阿母様には何んな夜が明けたろう。」

「そんな、そんな事を言い出しちゃ厭だ。」

女は男の口を閉ぐようにして、泣く。

「実はね」と、要吉は女の脊に手を掛けたまま、「夜が明けたらお宅へ電報を打って、迎えの人に来て貰おうと思っていた。その人達に貴方を渡して置いて、私は——矢張北を向いて、山越えに行ける所まで行こうと決心した。」

「そんな事をされちゃ耐らない」と、女は頭を上げて、手当り任せに獅嚙みつく。

「その外に仕様ない」と投出すように言った。「私は思い違いをしていた。死ぬ時は、互に手を取って、めそめそ泣き合って、溶けて行くような心持にならなきゃ死ねない。私のために泣いて呉れる相手でなきゃ手は下せない。」

何か言うだろうと思って待っていたが、女は突伏したまま返辞をせぬ。又じろじろ女の耳の後ろを見守りながら、

「貴方は未だ私に対して敵意を持ってるんだ。」

「敵意？」と、声の下に呟く。

「敵意さ。昔から打解けたことのない――両性間の旧い怨恨《うらみ》」と、ぼつりぼつり言ったが、

「敵同士じゃ一緒には死ねない。」

「そうじゃない。そんな事は十九日から解っていて呉れた筈だ――あの手紙を読んで呉れたら。」

「それじゃ何故――」と、男は思わず腰を立てた。

不意に襖を開けて、下女が有明を下げに来た。二人はつと座を開いたが、顔を見合せたまま、少時物を言わなかった。

やがて女は想出したように、男の手を執って揺振りながら、

「私は行く、先生の行らっしゃる所まで行く。」

「樺太迄も？」と、男は女の顔を見返した。

「何処へでも。」

「死ぬ処まで。」

女は笑顔を見せて点頭く。

要吉は何やら考えていたが、「ねえ、お宅では田端停車場《ステーション》に気が附きはすまいか。」

女も一寸考えて見て、

「参ります、屹度参ります。」

「それじゃ、あの晩の終列車で、二人が西那須野駅までの切符を買って乗込んだことは、直に知れるわけだ。」

朋子も不安らしい容子をして聞いていたが、「早く立ちましょう、早く。」

「そう、猶予してはいられない。」

二人は立上った。折柄《おりから》戸を繰りに来た宿の男を急き立てて、あたふたと出立の用意をした。

編者解説

自分自身の手に余る自意識——森田草平『煤煙』

明治の鉄道は情死志願の若い男女も運んだ。

森田草平は、一九〇五年（明治三十八）秋、千駄木の夏目漱石宅をはじめて訪れて門下生となった。翌年秋、普通より二年遅れの二十五歳で東京帝国大学文科大学を卒業した草平は、自分は母親の不義で生まれた子であり、自分が女性関係にからめとられがちなのは、そのような「宿命」のせいだ、と漱石に打ち明けた。漱石は大いに同情した。

海軍軍人志望から転じた草平は、一八九九年、金沢の第四高等学校へ入ったが、故郷・岐阜で以前から関係のあった従妹《いとこ》・森田つねとの同棲が明るみに出て、諭旨退学処分を受けた。翌年、第一高等学校に入り直したのだが、従妹との関係は切れず、一九〇三年には子どもができて、一時、親子三人で暮らした。母子を岐阜に帰したあと草平が住んだ本郷丸山福山町の下宿は、たまたま一八九六年に肺結核と貧困に病み疲れた樋口一葉が死んだ家だったが、草平はその家の家主の出戻り娘とも関係ができた。その間、従妹は故郷で二人目の子どもを生んだ。

帝大を卒業しても前途の決まらない彼を、天台宗中学の教員に紹介してくれたのは漱石であった。翌一九〇七年夏、草平は生田《いくた》長江《ちょうこう》に誘われて、九段中坂下の閨秀《けいしゅう》大学講座の講師となった。夜間の女性向けカルチャースクールである。

やがて彼は、聴講生のひとり、面長の整った目鼻立ちで、人を見つめる癖のある若い女性に強く惹かれるようになった。それは平塚明子《はるこ》という二十一歳の女性であった。一九〇八年初め、二人は急速に接近した。明子が回覧雑誌に載せた、若い女性が親の決めた婚約者を捨てる小説に草平が肯定的な感想を書き送ると、明子はラブレターのような手紙を返してきた。

それから三月半ばまで、二人は東京をさまよいながら、「自殺」とか「死の勝利」といった言葉を頻繁に口にしあった。そして〇八年三月二十一日夜、情死の旅におもむくべく官有鉄道・田端駅で待ち合わせた。草平は銃砲店でピストルを買うつもりだったが、弾は売らないというのであきらめた。すると明子は黒鞘の短刀を見せた。これでひと思いに、という意志の表明であった。

その日の東北本線の列車はもう終っていたので、大宮まで行って駅前旅館に泊った。

翌早朝、朝食も食べずに旅館を出て列車に乗り、西那須野で降りた。人力車を雇って五時間かけ、塩原温泉に行った。

森田草平にとって、それは恋愛を成就させるための心中行だったが、平塚明子の場合は違っていた。男に自分を殺させ、男も自分のために死ぬ。それは、生死のきわみまで相手の精神を支配できるかという実験であり、命をかけた「遊び」であった。

せめて恋のために死ぬ、といってくれと草平は明子に懇願したが、彼女は聞き入れず、ついに体も許さなかったのは、自分が支配した他者の手にかかる哲学的自殺こそが彼女の肥大した自我がもとめたものだったからである。翌日も雪の峠道で心中を試みたが、明子の意図に気づいた草平は、黒鞘の短刀を谷へ投げ捨てた。

帰京した草平は漱石宅に身を寄せた。もう教師はつづけられなくなった草平に漱石は、その体験を小説として東京朝日新聞に書くよう勧めた。

『煤煙』という題名の小説の原稿を草平が書きあぐねていると、「新しい女」に興味を抱いた漱石は「どうだ、君が書かなければ僕が書いてみようか」といった。

その年の八月初旬、漱石はたまたま市街電車の中で平塚明子（のちの女性運動家・平塚らいてう）を見かけ、よく観察した。そして彼女をモデルに『三四郎』のヒロイン・里見美禰子を造形した。

漱石は彼女を、「新しい女」と見えて、その実、伝統的センスの持ち主であり、また経験によらず、知識のみの力で自我を肥大させた美貌の女、すなわち「アンコンシャス・ヒポクリット（無意識の偽善者）」としてえがいた。

舞踏会

芥川龍之介

一

明治十九年十一月三日の夜であった。当時十七歳だった――家の令嬢明子は、頭の禿げた父親と一しょに、今夜の舞踏会が催さるべき鹿鳴館《ろくめいかん》の階段を上って行った。明い瓦斯《がす》の光に照らされた、幅の広い階段の両側には、殆《ほとんど》人工に近い大輪の菊の花が、三重の籬《まがき》を造っていた。菊は一番奥のがうす紅、中程のが濃い黄色、一番前のがまっ白な花びらを流蘇《ふさ》の如く乱しているのであった。そうしてその菊の籬の尽きるあたり、階段の上の舞踏室からは、もう陽気な管絃楽の音が、抑え難い幸福の吐息のように、休みなく溢れて来るのであった。

明子は夙《つと》に仏蘭西《フランス》語と舞踏との教育を受けていた。が、正式の舞踏会に臨むのは、今夜がまだ生まれて始めてであった。だから彼女は馬車の中でも、折々話しかける父親に、上の空の返事ばかり与えていた。それ程彼女の胸の中には、愉快なる不安とでも形容すべき、一種の落着かない心もちが根を張っていたのであった。彼女は馬車が鹿鳴館の前に止るまで、何度いら立たしい眼を挙げて、窓の外に流れて行く東京の町の乏しい燈火《ともしび》を、見つめた事だか知れなかった。

が、鹿鳴館の中へはいると、間もなく彼女はその不安を忘れるような事件に遭遇した。と云《い》うは階段の丁度中程まで来かかった時、二人は一足先に上って行く支那の大官に追いついた。すると大官は肥満した体を開いて、二人を先へ通らせながら、呆れたような視線を明子へ投げた。初々《ういうい》しい薔薇色の舞踏服、品好く頸へかけた水色のリボン、それから濃い髪に匂っているたった一輪の薔薇の花――実際その夜の明子の姿は、この長い辮髪《べんぱつ》を垂れた支那の大官の眼を驚かすべく、開化の日本の少女の美を遺憾なく具えていたのであった。と思うと又階段を急ぎ足に下りて来た、若い燕尾服の日本人も、途中で二人にすれ違いながら、反射的にちょいと振り返って、やはり呆れたような一瞥を明子の後姿に浴せかけた。それから何故か思いついたように、白い襟飾《ネクタイ》へ手をやって見て、又菊の中を忙しく玄関の方へ下りて行った。

二人が階段を上り切ると、二階の舞踏室の入口には、半白の頬鬚を蓄えた主人役の伯爵が、胸間に幾つかの勲章を帯びて、路易《ルイ》十五世式の装いを凝らした年上の伯爵夫人と一しょに、大様に客を迎えていた。明子はこの伯爵でさえ、彼女の姿を見た時には、その老獪《ろうかい》らしい顔の何処かに、一瞬間無邪気な驚嘆の色が去来したのを見のがさなかった。人の好《い》い明子の父親は、嬉しそうな微笑を浮べながら、伯爵とその夫人とへ手短に娘を紹介した。彼女は羞恥と得意とを交《かわ》る交る味った。が、その暇にも権高《けんだか》な伯爵夫人の顔だちに、一点下品な気があるのを感づくだけの余裕があった。

舞踏室の中にも至る所に、菊の花が美しく咲き乱れていた。そうして又至る所に、相手を待っている婦人たちのレエスや花や象牙の扇が、爽かな香水の匂《におい》の中に、音のない波の如く動いていた。明子はすぐに父親と分れて、その綺羅びやかな婦人たちの或一団と一しょになった。それは皆同じような水色や薔薇色の舞踏服を着た、同年輩らしい少女であった。彼等は彼女を迎えると、小鳥のようにさざめき立って、口々に今夜の彼女の姿が美しい事を褒め立てたりした。

が、彼女がその仲間へはいるや否や、見知らない仏蘭西の海軍将校が、何処からか静に歩み寄った。そうして両腕を垂れた儘、叮嚀に日本風の会釈をした。明子はかすかながら血の色が、頬に上って来るのを意識した。しかしその会釈が何を意味するかは、問うまでもなく明かだった。だから彼女は手にしていた扇を預って貰うべく、隣に立っている水色の舞踏服の令嬢をふり返った。と同時に意外にも、その仏蘭西の海軍将校は、ちらりと頬に微笑の影を浮べながら、異様なアクサンを帯びた日本語で、はっきりと彼女にこう云った。

「一しょに踊っては下さいませんか。」

　間もなく明子は、その仏蘭西の海軍将校と、「美しく青きダニウブ」のヴァルスを踊っていた。相手の将校は、頬の日に焼けた、眼鼻立ちの鮮《あざやか》な、濃い口髭のある男であった。彼女はその相手の軍服の左の肩に、長い手袋を嵌《は》めた手を預くべく、余りに背《せい》が低かった。が、場馴れている海軍将校は、巧に彼女をあしらって、軽々と群集の中を舞い歩いた。そうして時々彼女の耳に、愛想の好い仏蘭西語の御世辞さえも囁いた。

　彼女はその優しい言葉に、恥しそうな微笑を酬《むく》いながら、時々彼等が踊っている舞踏室の周囲へ眼を投げた。皇室の御紋章を染め抜いた紫縮緬《ちりめん》の幔幕《まんまく》や、爪を張った蒼龍が身をうねらせている支那の国旗の下には、花瓶々々の菊の花が、或は軽快な銀色を、或は陰鬱な金色を、人波の間にちらつかせていた。しかもその人波は、三鞭酒《シャンパニエ》のように湧き立って来る、花々しい独逸《ドイツ》管絃楽の旋律の風に煽られて、暫《しばら》くも目まぐるしい動揺を止めなかった。明子はやはり踊っている友達の一人と眼を合わすと、互に愉快そうな頷《うなず》きを忙《せわ》しい中に送り合った。が、その瞬間には、もう違った踊り手が、まるで大きな蛾が狂うように、何処からか其処へ現れていた。

しかし明子はその間にも、相手の仏蘭西の海軍将校の眼が、彼女の一挙一動に注意しているのを知っていた。それは全くこの日本に慣れない外国人が、如何に彼女の快活な舞踏ぶりに、興味があったかを語るものであった。こんな美しい令嬢も、やはり紙と竹との家の中に、人形の如く住んでいるのであろうか。そうして細い金属の箸で、青い花の描いてある手のひら程の茶碗から、米粒を挟んで食べているのであろうか。——彼の眼の中にはこう云う疑問が、何度も人懐しい微笑と共に往来するようであった。明子にはそれが可笑しくもあれば、同時に又誇らしくもあった。だから彼女の華奢な薔薇色の踊り靴は、物珍しそうな相手の視線が折々足もとへ落ちる度に、一層身軽く滑《なめらか》な床の上を辷《すべ》って行くのであった。

が、やがて相手の将校は、この児猫のような令嬢の疲れたらしいのに気がついたと見えて、劬《いたわ》るように顔を覗きこみながら、

「もっと続けて踊りましょうか。」

「ノン・メルシイ。」

明子は息をはずませながら、今度ははっきりとこう答えた。

するとその仏蘭西の海軍将校は、まだヴァルスの歩みを続けながら、前後左右に動いているレエスや花の波を縫って、壁側の花瓶の菊の方へ、悠々と彼女を連れて行った。そう

して最後の一回転の後、其処にあった椅子の上へ、鮮に彼女を掛けさせると、自分は一旦軍服の胸を張って、それから又前のように恭《うやうや》しく日本風の会釈をした。

　その後又ポルカやマズュルカを踊ってから、明子はこの仏蘭西の海軍将校と腕を組んで、白と黄とうす紅と三重の菊の籬の間を、階下の広い部屋へ下りて行った。

　此処には燕尾服や白い肩がしっきりなく去来する中に、銀や硝子《がらす》の食器類に蔽われた幾つかの食卓が、或は肉と松露との山を盛り上げたり、或はサンドウィッチとアイスクリイムとの塔を聳立《そばだ》てたり、或は又柘榴《ざくろ》と無花果《いちじく》との三角塔を築いたりしていた。殊に菊の花が埋め残した、部屋の一方の壁上には、巧な人工の葡萄蔓が青々とからみついている、美しい金色の格子があった。そうしてその葡萄の葉の間には、蜂の巣のような葡萄の房が、累々《るいるい》と紫に下っていた。明子はその金色の格子の前に、頭の禿げた彼女の父親が、同年輩の紳士と並んで、葉巻きを啣《くわ》えているのに遇った。父親は明子の姿を見ると、満足そうにちょいと頷いたが、それぎり連れの方を向いて、又葉巻きを燻《くゆ》らせ始めた。

　仏蘭西の海軍将校は、明子と食卓の一つへ行って、一しょにアイスクリイムの匙を取った。彼女はその間も相手の眼が、折々彼女の手や髪や水色のリボンを掛けた頸へ注がれているのに気がついた。それは勿論彼女にとって、不快な事でも何でもなかった。が、或刹那には女らしい疑いも閃かずにはいられなかった。そこで黒い天鵞絨《びろうど》の胸に赤い椿の花をつけた、独逸人らしい若い女が二人の傍を通った時、彼女はこの疑いを仄《ほの》めかせる為に、こう云う感歎の言葉を発明した。

「西洋の女の方はほんとうに御美しゅうございますこと。」

海軍将校はこの言葉を聞くと、思いの外真面目に首を振った。

「日本の女の方も美しいです。殊にあなたなぞは――」

「そんな事はございませんわ。」

「いえ、御世辞ではありません。その儘すぐに巴里《パリー》の舞踏会へも出られます。そうしたら皆が驚くでしょう。ワットオの画の中の御姫様のようですから。」

明子はワットオを知らなかった。だから海軍将校の言葉が呼び起した、美しい過去の幻も――仄暗い森の噴水と凋《すが》れて行く薔薇との幻も、一瞬の後には名残りなく消え失せてしまわなければならなかった。が、人一倍感じの鋭い彼女は、アイスクリイムの匙を動かしながら、僅にもう一つ残っている話題に縋《すが》る事を忘れなかった。

「私も巴里の舞踏会へ参って見とうございますわ。」

「いえ、巴里の舞踏会も全くこれと同じ事です。」

海軍将校はこう云いながら、二人の食卓を繞《めぐ》っている人波と菊の花とを見廻したが、忽《たちま》ち皮肉な微笑の波が瞳の底に動いたと思うと、アイスクリイムの匙を止めて、「巴里ばかりではありません。舞踏会は何処でも同じ事です。」と半ば独り語のようにつけ加えた。

一時間の後、明子と仏蘭西の海軍将校とは、やはり腕を組んだ儘、大勢の日本人や外国人と一しょに舞踏室の外にある星月夜の露台に佇んでいた。

欄干一つ隔てた露台の向うには、広い庭園を埋めた針葉樹が、ひっそりと枝を交し合って、その梢に点々と鬼灯提燈《ほおずきぢょうちん》の火を透かしていた。しかも冷かな空気の底には、下の庭園から上って来る苔の匂や落葉の匂が、かすかに寂しい秋の呼吸を漂わせているようであった。が、すぐ後の舞踏室では、やはりレエスや花の波が、十六菊を染め抜いた紫縮緬の幕の下に、休みない動揺を続けていた。さうして又調子の高い管絃楽のつむじ風が、不相《あいかわ》変《らず》その人間の海の上へ、用捨もなく鞭を加えていた。

勿論この露台の上からも、絶えず賑な話し声や笑い声が夜気を揺っていた。まして暗い針葉樹の空に美しい花火が揚る時には、殆《ほとんど》人どよめきにも近い音が、一同の口から洩れた事もあった。その中に交って立っていた明子も、其処にいた懇意の令嬢たちとは、さっきから気軽な雑談を交換していた。が、やがて気がついて見ると、あの仏蘭西の海軍将校は、明子に腕を借した儘、庭園の上の星月夜へ黙然と眼を注いでいた。彼女にはそれが何となく、郷愁でも感じているように見えた。そこで明子は彼の顔をそっと下から覗きこんで、

「御国の事を思っていらっしゃるのでしょう。」と半ば甘えるように尋ねて見た。

すると海軍将校は不相変微笑を含んだ眼で、静に明子の方へ振り返った。そうして「ノン」と答える代りに、子供のように首を振って見せた。

「でも何か考えていらっしゃるようでございますわ。」

「何だか当てて御覧なさい。」

その時露台に集っていた人々の間には、又一しきり風のようなざわめく音が起り出した。明子と海軍将校とは云い合せたように話をやめて、庭園の針葉樹を圧している夜空の方へ眼をやった。其処には丁度赤と青との花火が、蜘蛛手《くもで》に闇を弾《はじ》きながら、将に消えようとする所であった。明子には何故かその花火が、殆悲しい気を起させる程それ程美しく思われた。

「私は花火の事を考えていたのです。我々の生《ヴィ》のような花火の事を。」

暫くして仏蘭西の海軍将校は、優しく明子の顔を見下しながら、教えるような調子でこう云った。

二

大正七年の秋であった。当年の明子は鎌倉の別荘へ赴く途中、一面識のある青年の小説家と、偶然汽車の中で一しょになった。青年はその時網棚の上に、鎌倉の知人へ贈るべき菊の花束を載せて置いた。すると当年の明子——今のH老夫人は、菊の花を見る度に思い出す話があると云って、詳しく彼に鹿鳴館の舞踏会の思い出を話して聞かせた。青年はこの人自身の口からこう云う思出を聞く事に、多大の興味を感ぜずにはいられなかった。

その話が終った時、青年はH老夫人に何気なくこう云う質問をした。

「奥様はその仏蘭西の海軍将校の名を御存知ではございませんか。」

するとH老夫人は思いがけない返事をした。

「存じて居りますとも。Julien Viaud と仰有る方でございました。」

「では Loti だったのでございますね。あの「お菊夫人」を書いたピエル・ロティだったのでございますね。」

青年は愉快な興奮を感じた。が、H老夫人は不思議そうに青年の顔を見ながら何度もこう呟《つぶや》くばかりであった。

「いえ、ロティと仰有る方ではございませんよ。ジュリアン・ヴィオと仰有る方でございますよ。」

編者解説

懐かしい「鹿鳴館」――芥川龍之介「舞踏会」

一八八五年（明治十八）十一月三日、鹿鳴館で催された井上馨・武子夫妻主催「観菊の宴」には、内外の貴顕多数が招待された。そのうちに、折から示威航海の艦隊に乗って来日、横浜滞在中のフランス海軍将校ジュリアン・ヴィオーがいた。

その年の夏、長崎に入港した軍艦「トリオンファント」から一時下船したヴィオーは、芸妓を現地妻としてひと月ほど同棲、のちにピエール・ロティという筆名でその経験を『お菊さん』という小説に書いた。それは十九世紀末のヨーロッパで広く読まれ、日本趣味（ジャポネズリ）を流行させた。その実、ヴィオーは「お菊さん」が毎日煙管で煙草盆の縁を打つ音、それに蚊の大群に辟易していたのだった。

同年秋に横浜に回航して、たまたま「観菊の宴」に招待された彼は、横浜から新橋までは汽車、新橋ステーションからは黒づくめの小さな悪魔のような車夫が引く人力車で、現在の帝国ホテルの南隣にあたる鹿鳴館におもむいたのである。

ジョサイア・コンドルが設計した鹿鳴館の正面大階段の両側は、「軽快な銀色」「陰鬱な金色」とりどりの菊が深い秋の香りを発していた。そこを上りきった二階が、百坪ほどの舞踏室である。

ヴィオーは、長手袋の手がようやく自分の肩に届くか届かないかというほど小柄な、せいぜい十五歳くらいにしか見えない令嬢と、ドイツ人管弦楽団の奏でる「旋律の風に煽《あお》られ」るように目まぐるしく踊った。小説「江戸の舞踏会」では、宴の主催者井上武子を「ソーデスカ伯爵夫人」と命名したヴィオーは、令嬢を「マドモアゼル・ミヨーゴニチ」と名づけた。ただし彼は、この観菊の宴のあった年を「メスジ（明治）十九年」と、一年間違えて書いている。

それから三十三年、一九一八年（大正七）秋深い頃である。

横須賀線の車内で、たまたま旧知の若い小説家と会ったH老夫人（かつての少女・明子）は、彼が持っていた菊の花束を見て思い出すことがある、といってフランス海軍士官と鹿鳴館の思い出を語った――

「舞踏会」はそういう設定である。

その頃、横須賀の海軍機関学校の教官をつとめていた芥川龍之介は、通勤路線である横須賀線を小説の舞台としたのだが、東京と横須賀軍港を結ぶ横須賀線は、一部重なる東海道線とは完全に別線扱いの重要路線であり、沿線の逗子、鎌倉には海軍の高級将校や富裕層が住んだ。

日本が西洋列強とならぶ文明国であると証明して「不平等条約改正」の一助としたいもくろみの鹿鳴館舞踏会は、当初から「屈辱外交」の典型と評判が悪かったが、三十年を経た大正中期には風向きが変わった。「あの気まぐれな季節外れの花のような時代」（佐藤春夫『美しき町』）と奇妙なまでに回顧的となった社会の空気を反映して、芥川は「舞踏会」を書いた。

一九五六年（昭和三十一）、三島由紀夫はピエール・ロティの「江戸の舞踏会」からヒントを得て、「外人に阿諛《あゆ》を呈しながらも、一方新興国家のエネルギーと、古い封建的矜持」（「「鹿鳴館」について」）を失わぬ明治人の姿を戯曲『鹿鳴館』でえがいた。八二年、山田風太郎は、ロティが芸者出身の「ソーデスカ伯爵夫人」から感得した「一点下品な気」を、むしろ革命を生き抜いた女性の生命力のあらわれと見て『エドの舞踏会』を書いた。

「江戸の舞踏会」を本歌にとった、芥川、三島、風太郎、三人の一流作家にすぐれた作品を書かせたことが、皮相的で軽薄のうらみなしとしない作家・ピエール・ロティの最大の功績といえるだろう。

昭和改元の七ヵ月後の一九二七年七月、三十五歳で自死した芥川龍之介の生涯もまた、大正の夜空に、赤く青く「蜘蛛手《くもで》に闇を弾《はじ》きながら」消えた花火であった。

「オホーツク挽歌」ほかより

宮沢賢治

青森挽歌（抄）

こんなやみよののはらのなかをゆくときは
客車のまどはみんな水族館の窓になる
（乾いたでんしんばしらの列が
　せはしく遷つてゐるらしい
　きしやは銀河系の玲瓏《れいろう》レンズ
　巨きな水素のりんごのなかをかけてゐる）
りんごのなかをはしつてゐる
けれどもここはいつたいどこの停車場《ば》だ
枕木を焼いてこさへた柵が立ち
（八月の　よるのしじまの　寒天凝膠《アガアゼル》）
支手のあるいちれつの柱は

なつかしい陰影だけでできてゐる
黄いろなランプがふたつ点《つ》き
せいたかくあをじろい駅長の
真鍮棒もみえなければ
じつは駅長のかげもないのだ
（その大学の昆虫学の助手は
　こんな車室いつぱいの液体のなかで
　油のない赤髪《け》をもじやもじやして
　かばんにもたれて睡つてゐる）
わたくしの汽車は北へ走つてゐるはずなのに
ここではみなみへかけてゐる
焼杭の柵はあちこち倒れ
はるかに黄いろの地平線
それはビーアの澱《おり》をよどませ
あやしいよるの　陽炎と
さびしい心意の明滅にまぎれ

水いろ川の水いろ駅
（おそろしいあの水いろの空虚なのだ）
汽車の逆行は希求《ききゅう》の同時な相反性
こんなさびしい幻想から
わたくしははやく浮びあがらなければならない
そこらは青い孔雀のはねでいつぱい
真鍮の睡さうな脂肪酸にみち
車室の五つの電燈は
いよいよつめたく液化され
　（考へださなければならないことを
　　わたくしはいたみやつかれから
　なるべくおもひださうとしない）
今日のひるすぎなら
けはしく光る雲のしたで
まつたくおれたちはあの重い赤いポムプを
ばかのやうに引つぱつたりついたりした

おれはその黄いろな服を着た隊長だ
だから睡いのはしかたない
（おゝ《オー》おまへ《ツウ》　せはしい《アイリーガー》みちづれ《ゲゼルレ》よ
　どうか《アイレドッホ》ここから《ニヒト》急いで《フォン》去《デヤ》らないで《ステルレ》くれ
《尋常一年生　ドイツの尋常一年生》
　いきなりそんな悪い叫びを
投げつけるのはいつたいたれだ
けれども尋常一年生だ
夜中を過ぎたいまごろに
　こんなにぱつちり眼をあくのは
　ドイツの尋常一年生だ）
あいつはこんなさびしい停車場を
たつたひとりで通つていつたらうか
どこへ行くともわからないその方向を
どの種類の世界へはひるともしれないそのみちを
たつたひとりでさびしくあるいて行つたらうか（後略）

（一九二三、八、一）

樺太鉄道

やなぎらんやあかつめくさの群落
松脂岩薄片のけむりがただよひ
鈴谷《すずや》山脈は光霧か雲かわからない
（灼かれた馴鹿の黒い頭骨は
線路のよこの赤砂利に
ごく敬虔に置かれてゐる）

そつと見てごらんなさい
やなぎが青くしげつてふるへてゐます
きつとポラリスやなぎですよ
おお満艦飾のこのえぞにふの花
月光いろのかんざしは

すなほなコロボックルのです
　（ナモサダルマプフンダリカサスートラ）
Van't Hoffの雲の白髪の崇高さ
崖にならぶものは聖白樺《セントベチュラアルバ》

青びかり野はらをよぎる細流
それはツンドラを截り
　（光るのは電しんばしらの碍子《がいし》）
夕陽にすかし出されると
その緑金の草の葉に
ごく精巧ないちいちの葉脈
　（樺の微動のうつくしさ）
黒い木柵も設けられて
やなぎらんの光の点綴
　（こゝいらの樺の木は
　　焼けた野原から生えたので

　みんな大乗風の考をもつてゐる）
にせものの大乗居士どもをみんな灼け
太陽もすこし青ざめて
山脈の縮れた白い雲の上にかかり
列車の窓の稜のひとところが
プリズムになつて日光を反射し
草地に投げられたスペクトル
（雲はさつきからゆつくり流れてゐる）
日さへまもなくかくされる
かくされる前には感応により
かくされた後には威神力により
まばゆい白金環《はくきんかん》ができるのだ
（ナモサダルマプフンダリカサスートラ）
たしかに日はいま羊毛の雲にはひらうとして
サガレンの八月のすきとほつた空気を
やうやく葡萄の果汁《マスト》のやうに

またフレップスのやうに甘くはつかうさせるのだ
そのためにえぞにふの花が一そう明るく見え
松毛虫に食はれて枯れたその大きな山に
桃いろな日光もそそぎ
すべて天上技師 Nature 氏の
ごく斬新な設計だ
山の襞《ひだ》のひとつのかげは
緑青のゴーシュ四辺形
そのいみじい玲瓏《トランスリューセント》のなかに
からすが飛ぶと見えるのは
一本のごくせいの高いとどまつの
風に削り残された黒い梢だ
　　（ナモサダルマプフンダリカサスートラ）
結晶片岩山地では
燃えあがる雲の銅粉
　　（向ふが燃えればもえるほど）

ここらの樺ややなぎは暗くなる）
こんなすてきな瑪瑙の天蓋《キャノピー》
その下ではぼろぼろの火雲が燃えて
一きれはもう錬金の過程を了へ
いまにも結婚しさうにみえる
（濁つてしづまる天の青らむ一かけら）
いちめんいちめん海蒼のチモシイ
めぐるものは神経質の色丹松《ラーチ》
またえぞにふと桃花心木《マホガニー》の柵
こんなに青い白樺の間に
鉋をかけた立派なうちをたてたので
これはおれのうちだぞと
その顔の赤い愉快な百姓が
井上と少しびつこに大きく壁に書いたのだ

（一九二三、八、四）

サガレンと八月（抄）

「何の用でここへ来たの、何かしらべに来たの、何かしらべに来たの。」

西の山地から吹いて来たまだ少しつめたい風が私の見すぼらしい黄いろの上着をぱたぱたかすめながら何べんも何べんも通って行きました。

「おれは内地の農林学校の助手だよ、だから標本を集めに来たんだい。」私はだんだん雲の消えて青ぞらの出て来る空を見ながら、威張ってそう云いましたらもうその風は海の青い暗い波の上に行っていまの返事も聞かないようあとからあとから別の風が来て勝手に叫んで行きました。

「何の用でここへ来たの、何かしらべに来たの、しらべに来たの、何かしらべに来たの。」

もう相手にならないと思いながら私はだまって海の方を見ていましたら風は親切に又叫ぶのでした。

「何してるの、何を考えてるの、何か見ているの、何かしらべに来たの。」

私はそこでとうとうまた言ってしまいました。

「そんなにどんどん行っちまわないでせっかくひとへ物を訊いたらしばらく返事を待っていたらいいじゃないか。」

けれどもそれもまた風がみんな一語ずつ切れ切れに持って行ってしまいました。もうほんとうにだめなやつだ、はなしにもなんにもなったもんじゃない、と私がぷいっと歩き出そうとしたときでした。向うの海が孔雀石《くじゃくいし》いろと暗い藍《あお》いろと縞《しま》になっているその堺《さかい》のあたりでどうもすきとおった風どもが波のために少しゆれながらぐるっと集って私からとって行ったきれぎれの語《ことば》を丁度ぼろぼろになった地図を組み合せる時のように息をこらしてじっと見つめながらいろいろにはぎ合せているのをちらっと私は見ました。

また私はそこから風どもが送ってよこした安心のような気持も感じて受け取りました。そしたら丁度あしもとの砂に小さな白い貝殻に円い小さな孔《あな》があいて落ちているのを見ました。つめたがいにやられたのだな朝からこんないい標本がとれるならひるすぎは十字狐だってとれるにちがいないと私は思いながらそれを拾って雑嚢《ざつのう》に入れたのでした。そしたら俄《にわ》かに波の音が強くなってそれは斯《こ》う云ったように聞えました。

「貝殻なんぞ何にするんだ。そんな小さな貝殻なんど何にするんだ、何にするんだ。」

「おれは学校の助手だからさ。」私はついまたつりこまれてどなりました。するとすぐ私の足もとから引いて行った潮水はまた、巻き返して波になってさっとしぶきをあげながら又叫びました。

「何にするんだ、何にするんだ、貝殻なんぞ何にするんだ。」

　私はむっとしてしまいました。

「あんまり訳がわからないな、ものと云うものはそんなに何でもかでも何かにしなけぁいけないもんじゃないんだよ。そんなことおれよりおまえたちがもっとよくわかってそうなもんじゃないか。」

　すると波はすこしたじろいだようにからっぽな音をたててからぶつぶつ呟くように答えました。

「おれはまた、おまえたちならきっと何かにしなけぁ済まないものと思ってたんだ。」

　私はどきっとして顔を赤くしてあたりを見まわしました。

　ほんとうにその返事は謙遜な申し訳けのような調子でしたけれども私はまるで立っても居てもいられないように思いました。

　そしてそれっきり浪《なみ》はもう別のことばで何べんも巻いて来ては砂をたててさびしく濁り、砂を滑らかな鏡のようにして引いて行っては一きれの海藻をただよわせたのです。

　そして、ほんとうに、こんなオホーツク海のなぎさに座って乾いて飛んで来る砂やはまなすのいい匂《におい》を送って来る風のきれぎれのものがたりを聴いているとほんとうに不思議な気持がするのでした。それも風が私にはなしたのか私が風にはなしたのかあとはもうさっぱりわかりません。またそれらのはなしが金字の厚い何冊もの百科辞典にあるようなしっかりしたつかまえどこのあるものかそれとも風や波といっしょに次から次と移って消えて行くものかそれも私にはわかりません。ただそこから風や草穂《くさぼ》のいい性質があなたがたのこころにうつって見えるならどんなにうれしいかしれません。

噴火湾（ノクターン）

稚《わか》いゑんどうの澱粉や緑金が
どこから来てこんなに照らすのか
（車室は軋みわたくしはつかれて睡つてゐる）
とし子は大きく眼をあいて
烈しい薔薇いろの火に燃されながら
（あの七月の高い熱……）
鳥が棲み空気の水のやうな林のことを考へてゐた
（かんがへてゐたのか
　いまかんがへてゐるのか）
車室の軋りは二疋の栗鼠《りす》
⸨ことしは勤めにそとへ出てゐないひとは

　みんなかはるがはる林へ行かう》
赤銅《しやくどう》の半月刀を腰にさげて
どこかの生意気なアラビヤ酋長が言ふ
七月末のそのころに
思ひ余つたやうにとし子が言つた
《おらあど死んでもいゝはんて
　あの林の中さ行ぐだい
　うごいで熱は高ぐなつても
　あの林の中でだらほんとに死んでもいいはんて》
鳥のやうに栗鼠のやうに
そんなにさはやかな林を恋ひ
（栗鼠の軋りは水車の夜明け
　大きなくるみの木のしただ）
一千九百二十三年の
とし子はやさしく眼をみひらいて
透明薔薇の身熱から

青い林をかんがへてゐる
ファゴットの声が前方にし
Funeral march があやしくいままたはじまり出す
　（車室の軋りはかなしみの二疋の栗鼠）
　《栗鼠お魚たべあんすのすか》
　（二等室のガラスは霜のもやう）
もう明けがたに遠くない
崖の木や草も明らかに見え
車室の軋りもいつかかすれ
一ぴきのちひさなちひさな白い蛾が
天井のあかしのあたりを這つてゐる
　（車室の軋りは天の楽音）
噴火湾のこの黎明の水明り
室蘭通ひの汽船には
二つの赤い灯がともり
東の天末は濁つた孔雀石の縞

黒く立つものは樺の木と楊の木
駒ヶ岳駒ヶ岳
暗い金属の雲をかぶつて立つてゐる
そのまつくらな雲のなかに
とし子がかくされてゐるかもしれない
ああ何べん理智が教へても
私のさびしさはなほらない
わたくしの感じないちがつた空間に
いままでここにあつた現象がうつる
それはあんまりさびしいことだ
（そのさびしいものを死といふのだ）
たとへそのちがつたきらびやかな空間で
とし子がしづかにわらはうと
わたくしのかなしみにいぢけた感情は
どうしてもどこかにかくされたとし子をおもふ

（一九二三、八、一一）

編者解説

死者と再会する旅――宮沢賢治「オホーツク挽歌」ほか

宮沢賢治は一九二三年（大正十二）七月三十一日、花巻駅二一時五九分発の青森行き普通列車に乗った。二十六歳、花巻農学校教員であった賢治の夏休みの旅の目的地は樺太《からふと》であった。

八月一日早朝、列車は青森に着き、賢治は青函連絡船に乗った。午後一時、函館港から旭川行き急行に乗り、二日の朝に着いて稚内行きに乗り継いだ。

稚内から樺太・大泊（コルサコフ）へ渡る稚泊《ちはく》連絡船は偶数日夜の出航である。賢治は大泊までの八時間のほとんどを、甲板に立ちつくして過ごした。自殺志願者ではと疑われたのか、船員がたびたび見回った。

八月三日朝、大泊に着くと王子製紙の大泊分社に、盛岡高等農林の同級生・細越健を訪ねた。花巻農学校の教え子の就職を頼むことが樺太行きの表向きの理由であった。

一九〇五年、日露戦争の結果、正式に日本領となった南樺太の主産業は製紙業であった。日本の製紙会社はこの頃すでに、大泊、泊居《とまりおる》(トマリ)、豊原(ユージノ・サハリンスク)、落合(ドリンスク)で大規模工場を操業していた。九州に少し欠ける面積の南樺太の人口は当時一四万人であったが、その半数が製紙会社社員と製紙業関係者およびその家族であった。

「あいつはこんなさびしい停車場を／たつたひとりで通つていつたらうか」(「青森挽歌」)

賢治は、その八ヵ月前の一九二二年十一月二十七日、みぞれ降る寒い朝に満二十四歳で死んだ妹とし子に会いに樺太へ行ったのである。賢治は、北の果てに行けばとし子に会えると信じていた。

八月四日、賢治は大泊の百キロ北、樺太庁鉄道の終点・栄浜《さかえはま》(スタロドゥプスコエ)に行った。線路の尽きるそこが、当初からの目的地であった。

賢治の旅姿はダンディであった。白リンネルの背広にネクタイ、パナマ帽をかぶり、赤革の靴に黒革のカバンを持っていた。

賢治が栄浜に到着したのは午前十一時、そこはさびしい海岸であった。オホーツク海は青かった。しかし海は、沖に行くにしたがって「緑青《ろくしょう》」「藍銅鉱《アズライト》」「瑠璃《るり》液」と、色を変えていく。

「とし子はあの青いところのはてにゐて／なにをしてゐるのかわからない」（オホーツク挽歌）

その日、賢治は栄浜か落合に泊った。翌日と翌々日は落合の南に広がる鈴谷《すずや》平野を歩いて植物採集をした。西の山地から吹いてくる風は賢治に、「何の用でここへ来たの、何かしらべに来たの、しらべに来たの」（「サガレンと八月」）と問いかけているようだった。

大泊に戻ったのは八月七日である。その日の夜、細越健が賢治のために料亭で一席設けてくれた。はじめて芸者と接した賢治は、持ち金のすべてを祝儀として芸者にやってしまった。あらかじめ買っておいた稚泊連絡船の切符以外、文字通り一文なしになったので、帰りの旅費は細越から借りなければならなかった。

稚内行き連絡船が大泊を出るのは奇数日、八月九日である。

稚内からは北海道を延々と南下、十一日未明に函館本線の八雲―森間で太平洋を見た賢治は、そこで「噴火湾（ノクターン）」の詩想を得た。その日の夜に青森着、身の回りの物を売り払って盛岡までの切符を買った。十二日早暁、盛岡着。そこからは歩いた。疲れると松の木の根方で眠り、花巻にたどりついたのは八月十二日の昼過ぎ、大泊を出て六十時間後であった。

一九三三年（昭和八）、賢治が三十七歳で死んだあとに発見された遺稿『銀河鉄道の夜』は、死者に会いに行ったこの旅で発想されたのである。銀河鉄道の始発駅は樺太の栄浜駅であった。

「旅上」ほか

萩原朔太郎

旅上

ふらんすへ行きたしと思へども
ふらんすはあまりに遠し
せめては新しき背広をきて
きままなる旅にいでてみん。
汽車が山道をゆくとき
みづいろの窓によりかかりて
われひとりうれしきことをおもはむ
五月の朝のしののめ
うら若草のもえいづる心まかせに。

新前橋駅

野に新しき停車場は建てられたり
便所の扉《とびら》風にふかれ
ペンキの匂ひ草いきれの中に強しや。
烈烈たる日かな
われこの停車場に来りて口の渇きにたへず
いづこに氷を喰《は》まむとして売る店を見ず
ばうばうたる麦の遠きに連なりながれたり。
いかなればわれの望めるものはあらざるか
憂愁の暦は酢え
心はげしき苦痛にたへずして旅に出でんとす。
ああこの古びたる鞄をさげてよろめけども

われは瘠犬のごとくして憫れむ人もあらじや。
いま日は構外の野景に高く
農夫らの鋤に蒲公英《たんぽぽ》の茎は刈られ倒されたり。
われひとり寂しき歩廊《ほうむ》の上に立てば
ああはるかなる所よりして
かの海のごとく轟ろき　感情の軋《きし》りつつ来るを知れり。

帰郷

昭和四年の冬、妻と離別し二児を抱へて故郷に帰る

わが故郷に帰れる日
汽車は烈風の中を突き行けり。
ひとり車窓に目醒むれば
汽笛は闇に吠え叫び
火焔《ほのお》は平野を明るくせり。
まだ上州の山は見えずや。
夜汽車の仄暗き車燈の影に
母なき子供等は眠り泣き
ひそかに皆わが憂愁を探《さぐ》れるなり。
嗚呼また都を逃れ来て

何所《いずこ》の家郷に行かむとするぞ。
過去は寂寥の谷に連なり
未来は絶望の岸に向へり。
砂礫《されき》のごとき人生かな！
われ既に勇気おとろへ
暗憺として長《とこし》なへに生きるに倦みたり。
いかんぞ故郷に独り帰り
さびしくまた利根川の岸に立たんや。
汽車は曠野を走り行き
自然の荒寥たる意志の彼岸に
人の憤怒《いきどおり》を烈しくせり。

告別

汽車は出発せんと欲し
汽罐《かま》に石炭は積まれたり。
いま遠き信号燈《しぐなる》と鉄路の向うへ
汽車は国境を越え行かんとす。
人のいかなる愛着もて
かくも機関車の火力されたる
烈しき熱情をなだめ得んや。
駅路に見送る人人よ
悲しみの底に歯がみしつつ
告別の傷みに破る勿れ。
汽車は出発せんと欲して

すさまじく蒸気を噴き出し
裂けたる如くに吠え叫び
汽笛を鳴らし吹き鳴らせり。

編者解説

「見よ！　人生は過失なり」——萩原朔太郎

「ふらんすへ行きたしと思へども／ふらんすはあまりに遠し」

満たされぬ希望を自己憐憫するとき、なかば冗談でよく引用されるこの詩は、一九一三年（大正二）萩原朔太郎二十六歳のとき発表された。この詩には当初タイトルはなく、のちに「旅上」と題された。なぜか大正期の日本で「フランス人気」は高かったのだが、それを助長したこの詩は、二五年、朔太郎三十八歳の第四詩集『純情小曲集』中にある。

「新前橋駅」もやはり『純情小曲集』にある。高崎から栃木県小山《おやま》に至る両毛《りょうもう》線、その前橋駅手前二キロの地点に新駅を建設したのは、そこから新潟県へ山脈を貫く上越線を分岐させるためだった。

新潟県側の上越北線は一九一八年に着工、群馬県側の上越南線は一九年に着工した。南線は朔太郎三十四歳の二一年夏に渋川まで完成し、「野に新しき停車場」新前橋駅は開業した。

さらに北の水上《みなかみ》までは、二八年（昭和三）秋に営業運転を開始したが、勾配を緩めるため前後にループ二個を持つ清水トンネルが完成、上越線が全通したのは三一年秋である。その結果、それまで新潟県の行き止まりであった越後湯沢が、東京からもっとも近い場所にかわった。群馬県の温泉場で執筆していた川端康成が、ふと思い立って清水トンネルを通過して越後湯沢へ行ってみたのが三四年の十一月か十二月のはじめ、小説『雪国』の発端である。

「帰郷」「告別」の二編は三四年、朔太郎が四十七歳の第五詩集『氷島』にある。「帰郷」の詞書《ことばがき》にあるように、「昭和四年」に朔太郎は最初の妻に逃げられている。二人の幼い娘、葉子（のち作家。萩原葉子）と障碍《しょうがい》のある明子《あきらこ》をともなって、朔太郎は東京から前橋に帰った。帰るしかなかった。

若い頃の朔太郎は失敗ばかりであった。前橋中学で一年落第したのをはじめ、せっかく入った熊本・五高で落第、岡山・六高に転校したが、そこでも落第して退学した。慶應義塾大学予科には二回入学して二回ともすぐに退学、早稲田大学は試験日を間違えて受験できなかった。高校卒業の資格なしに受験できる京大別科の入試にも失敗した。

家業の医院を継がず、二十五歳にして仕事も立場もなく、日々マンドリン演奏に興じて、ダンディな服装で歩く朔太郎は、美貌で評判だった彼の三姉妹、ユキ、ミネ、アイとは正反対、前橋では有名なダメ男であった。

『氷島』を刊行した三四年、四十七歳で明治大学文芸科の講師に就任、ようやく生活の安定をみた朔太郎は、五十一歳のとき再婚している。

見合いのために出向いた先で、当の相手ではなく、仲介者の妹が気に入って結婚を申し込んだのである。相手は二十六歳も年下の女性であったが、結婚して一年、逃げられた。忘れがたい詩を多く書いた朔太郎だが、『氷島』中の詩「新年」に「見よ！人生は過失なり」と悲痛な言葉を残したのも無理のないところだった。

四二年五月十一日、朔太郎は肺炎で急逝した。五十五歳であった。

その四日後、末妹アイの三度目の結婚相手、詩人・作詞家の佐藤惣之助が死んだ。「赤城の子守唄」「湖畔の宿」「人生の並木路」「六甲おろし」、朔太郎の詩に啓発された「青い背広で」等の流行歌を書いた惣之助は、朔太郎の葬儀万端を取りしきったあと突然死したのである。このとき惣之助五十一歳、アイ三十八歳であった。

二八年に朔太郎宅で初めてアイに会って以来執着していた三好達治は、自らわざわざ離婚してアィに求愛、二年後の四四年に結婚にこぎつけたのだが、その翌年アィは達治から逃げた。

朔太郎と惣之助の急死、達治の執念と虚脱、みな「人生の過失」といえなくもない。

「機関車」ほか

中野重治

機関車

彼は巨大な図体《ずうたい》を持ち
黒い千貫の重量を持つ
彼の身体《しんたい》の各部はことごとく測定されてあり
彼の導管と車輪と無数のねじとは隈《くま》なく磨かれてある
彼の動くとき
メートルの針は敏感に回転し
彼の走るとき
軌道と枕木といつせいに震動する
シヤワツ　シヤワツという音を立てて彼のピストンの腕が動きはじめるとき
それが車輪をかきたてかきまわして行くとき
町と村々とまつしぐらに駆けぬけて行くのを見るとき

おれの心臓はとどろき
おれの両眼は泪《なみだ》ぐむ
真鍮の文字板をかかげ
赤いランプをさげ
つねに煙をくぐつて千人の生活を運ぶもの
旗とシグナルとハンドルとによつて
かがやく軌道の上をまつたき統制のうちに驀進《ばくしん》するもの
その律儀者《りちぎもの》の大男のうしろ姿に
おれら今あつい手をあげる

汽車　一

だれが人の足を踏みたいか
だがおれたちはぎりぎりと踏んだ
靴と薄歯《うすば》とで
はつとするとほかの足を踏んだ
そしてきんきん踏まれた
おれたちのからだが人波にもまれて失われそうだつた

おれたちはおれたちのからだを人波のなかからもぎ取らねばならなかつた
おれたちは手荷物にしがみついた
おれたちは切符を握りつぶした
子供の泣き声がおれたちの股《また》の下から叫んだ

女の頭がおれたちの鼻さきでぱさぱさになつた
だれが人の足を踏みたいか
だがおれたちはむちやむちやに踏んだ
踏んでも下が見られなかつた
顔をねじむけることができなかつた
おれたちはからだを浮きあがらせたかつた
おれたちは浮きあがらなかつた
地面にすきまがなかつた
無数の足がくつついていた
おれたちはぎりぎりと踏んだ
いつでもぎりぎりと

汽車 二

通りも便所も人がつまつていた
泣きだした赤ん坊をおふくろがどなりつけていた
たばこと人いきれと食いさしの蜜柑《みかん》と食いあましの弁当ともうもうと臭かつた
ごりごり押しわけて車掌が来た
みんなひしやげた切符をひきずり出して見せた

男と女といた
彼らは切符のかわりに紙切れを見せた
すると車掌がお辞儀《じぎ》をした
どうぞあちらへどうぞあちらへと言つた
彼らはおおように動かなかつた

車掌が　どうぞあちらへどうぞあちらへと繰りかえした
彼らが動いた
トランクとバスケットと外套と洋傘と引きだされた
車掌が分担した
彼らは出かけた
彼らと車掌と荷物と
ごりごり押しわけて扉のむこうへ消えた
おれたちは始終《しじゅう》を見ていた
おれたちは彼らの背中へおれたちの眼をやきつけた
おれたちの心が一様《いちよう》にデスペレートに動きだしていた

汽車　三

さよなら　さよなら　さよなら　さよなら
さようなら　さようなら　さようなら　さようなら
おれたちはそれを見た
百人の女工が降り
千人の女工が乗りつづけて行くのを

女工とは何か
紡績女工とは何か
会社　工場《こうば》　煙突　寄宿舎とは何か
そこで彼女たちが濡れ手拭《てぬぐい》のように搾られるとは何か
そして正月とは何か

正月休みとは何か
おお　彼女たちは十分に搾られた
そして追いだされた　正月の名で
そしておれたちは見た
百人の女工が降り千人の女工が乗りつづけて行くのを
そしておれたちは見た
父親と母親ときょうだいとが雪のなかから出て来ているのを
彼らの紙合羽《かみがっぱ》の上に
彼らのトンビの上に
白い雪のつもっているのを
そして彼らの藁《わら》ぐつが長く濡れているのを
そしておれたちは見た
彼らと彼女たちとが抱き合うのを
彼らと彼女たちとが頭と顔と肩とを撫《な》で合うのを
その上に雪の降りしきるのを

さよなら　さよなら　さよなら
そして彼女たちは知つていた
彼女たちがしばらくだけ抱き合えるのを
しばらくだけ撫で合えるのを
おお　彼女たちは知つていた
彼女たち自身が誰であるかを
村はどこにあるかを
村に何ものが待つているかを

彼女たちは追いだされた　正月の名で
彼女たちはもう十分に搾られていた
そして村々には新しい人買いがまわつていた
それらの小さな停車場《ていしゃば》を出て
雪のなかを
彼女たちは新しい人買いどもの伏兵《ふくへい》のなかへ帰つて行くのだ
それを彼女たちは知つていた

さよなら　さよなら　さよなら　さよなら
さようなら　さようなら　さようなら　さようなら
そこは越中《えっちゅう》であつた
そこの小さな停車場の吹きつさらしのたたきの上で
娘と親ときようだいとが互いに撫で合つた
降りたものと乗りつづけるものとの別れの言葉が
べつべつの工場に買いなおされるだろう彼女たちの
二度と会わないであろう紡績女工たちの
その千の声の合唱が
降りしきる雪ぞらのなかに舞いあがつた

雨の降る品川駅

辛《しん》よ　さようなら
金《きん》よ　さようなら
君らは雨の降る品川駅から乗車する

李《り》よ　さようなら
も一人の李よ　さようなら
君らは君らの父母《ちちはは》の国にかえる

君らの国の川はさむい冬に凍る
君らの叛逆する心はわかれの一瞬に凍る

海は夕ぐれのなかに海鳴りの声をたかめる
鳩は雨にぬれて車庫の屋根からまいおりる

君らは雨にぬれて君らを追う日本天皇を思い出す
君らは雨にぬれて　髭《ひげ》　眼鏡　猫脊《ねこぜ》の彼を思い出す

ふりしぶく雨のなかに緑のシグナルはあがる
ふりしぶく雨のなかに君らの瞳はとがる

雨は敷石にそそぎ暗い海面におちかかる
雨は君らの熱い頬にきえる

君らのくろい影は改札口をよぎる
君らの白いモスソは歩廊《ほろう》の闇にひるがえる

シグナルは色をかえる

君らは乗りこむ
君らは出発する
君らは去る

さようなら　辛
さようなら　金
さようなら　李
さようなら　女の李

行つてあのかたい　厚い　なめらかな氷をたたきわれ
ながく堰《せ》かれていた水をしてほとばしらしめよ
日本プロレタリアートのうしろ盾まえ盾
さようなら
報復の歓喜に泣きわらう日まで

編者解説

機関車はプロレタリアート——『中野重治詩集』

中野重治の極初期の詩にえがかれた「機関車」は、まさに「プロレタリアート」そのものである。理想の「プロレタリアート」である。

この詩を書いた一九二六年（大正十五）、中野重治は東京帝国大学独逸文学科の三年生、金沢の四高で二年落第したので、二十四歳になっていた。「機関車」の初出は、東大文科の友人たちと出した同人誌「驢馬《ろば》」創刊号である。同人中には、性格も傾向もまるで違っている堀辰雄もいたが、二人は長く親しい友人でありつづけた。

中野重治は大学を二七年、規定の三年で出ても就職せず、翻訳で生活を立てながらナップ（全日本無産者芸術連盟）の常任委員をつとめた。「汽車」（一、二、三）も二七年の作で、これらは『中野重治詩集』（三一年、ナップ出版部刊）にある。

二九年（昭和四）、「改造」に掲載した「雨の降る品川駅」は、追放される朝鮮人留学生を見送る詩だが、「日本プロレタリアートのうしろ盾まえ盾」というくだりには当初から批判があった。日本で共産主義と民族主義に目覚めて帰国する朝鮮人インテリは、おのずと独自の道を歩む存在で、彼らは「日本プロレタリアート」の「うしろ盾」でも「まえ盾」でもない、それは傲慢ではないか、という批判である。

中野重治の結婚は二十八歳の三〇年、相手はその美しい肢体で彫塑のモデルをつとめ、左翼劇場の女優に転じた三歳下の原泉《はらせん》であった。彼女は昭和戦後になるとモダンガールの面影を振り捨て、映画で怖い老女を演じてはまった。

三二年、重治は三度目の逮捕で豊多摩刑務所に収監された。三四年、共産党員であったことを認めて転向を宣言した。これによって懲役二年、執行猶予五年の刑が確定した。以後、執筆禁止の時期を含め、当局の監視のもとに生活し、戦時下には圧延工として工場で働いた。四五年六月、四十三歳で召集されたが、海外には送られなかった。老兵だからというより、送るべき船がもうなかったのである。戦後すぐに日本共産党に復党、四七年から五〇年まで参議院議員をつとめた。

四八年生まれの文芸評論家・加藤典洋は、中野重治の小説を「暗くてねちねち」していると長いあいだ思っていた。それは戦後世代に共通した感想であろう。

しかしその後、考えが変わった。

「一度、極端にうつむいたことのある人が、気をとり直し、そろそろと日なたの中を歩む。それが中野の歩調」（「中野重治――素人《しろうと》の読み方」）で、「ねちねち」の印象はそこからくる、と思い直した。

「極端にうつむいたことがある」とは「転向」のことである。戦前は反権力の政治運動に奔走して挫折し、戦後には政治の表舞台を経験した末に共産党から除名された中野重治の人生は、何の政治的屈託も抱かずに戦後時代を歩んだ者にとって、苦渋に満ちた、しかし得がたい道程であったというのである。

そのことは、これら彼の若い時代の詩を読むとき、感動とともに私たちの腑に落ちる。中野重治は歴史の波の中を泳ぎぬいた作家であり、詩人であった。

旅愁（抄）

横光利一

第三篇

もう三、四時間で国境の満洲里《まんしゅうり》へ着くというころ、少し矢代は眠くなった。いつでも汽車から降りられる仕度を整え上衣を脱いだだけの姿で、また彼は寝台へ昇った。この列車の寝台は昇るというほど高かった。夜中など振動のため抛《ほう》り落されそうになって眼が醒めたこともある。およそ十日間ほど続いてシベリヤを走っている旅であった。十日も同じ方向に進行している車の中の暮しは、退屈というよりも時間の観念が常態ではなくなっていて、どこか頭の中に棲み始めた異様なものが、身体から感覚を吸い摂《と》り肥《ふと》って来ているような、麻痺状態がずっとつづいた。今さき朝起きた筈《はず》だのにと思っているともう夕日が窓から射して来る。こんな筈がないのにと思って考え込んでいるうちにすぐ、窓の外は闇になる。時計などを出してみても、このあたりの時計はモスコーの時間そのままで午前の九時が事実の午後の四時ごろに当っているので、そこを絶えず事実と時計の差を計っていたりしては疲れた頭を一層痛めるばかりで面倒だった。

それでも矢代はシベリヤの旅の十日間を、思い出してみようと努力してみることもあった。すると、不思議なことに印象といっては何もないのに彼はまた驚いた。ただ一面の草ばかりが日を受け、大海の中の水平線と同様真直《まっす》ぐに延びはだかった地平線が、ポーランドからずっと続いて来ているだけだった。これは景色というものではない。地球の胴体と云《い》いたいような、何か神の手で引かれた無限の線の調査をしているように思われる、日々であった。初めのころこそ矢代は、幾度となくその天地の悠久な姿に嘆声を上げていたが、それもウラルを越してからは、一層猛威を発揮して来る天地の単調さが次第にうるさくなり、そっちの方はもう地球の有るがままに任せきりにして、こっちの人間は人間なりに、何か勝手な真似をしきりにしたくなって来た。

「まア、広いの、広くないのと云ったところで、お話になりませんな。」

矢代と同室の南という人の好い貿易商人が、これも云うことがなくなったと見え、こういうことを云ったりした。アルゼンチンに永くいて、南北のアメリカの広さを知っている筈の南が洩《もら》す嘆声だと思うと、矢代は、自分の激しかった驚きも、よほどこれで正しかったのだと思った。

（中略）

「わたくしはこういうものですが、これから日本へずっと帰りますので、どうぞ宜敷《よろし》く

――日本人はあなたとわたしとたった二人ですよ。ではまた、荷物をしまいましてから、ゆっくりと――何しろ長いことですからね。」

矢代たちの国際列車がベルリンのゾウ駅を動き始めると同時に、戸を叩いて入って来て、誰からの紹介もなくいきなりにこにこしてこう云い出したのが、南の矢代に云った最初の挨拶だった。外国にいると最初の挨拶の仕方が何よりも気にかかり、要らざることで睨み合うことの絶えずあるのは、内地にいる人の想像も出来ない激しいものである。飛んだ面白い人が来たものだ、と矢代はこのとき思った。そして、自分もこれからする十幾日の長い車中生活に必要な荷物の出し入れにかかった。荷物の整理もついたころ、また南は矢代の部屋へやって来たが、今度はくつろいだ様子で南米の話から、日本にいる子供の病気の見舞いかたがた帰ることなど、問わない先にみな話した。ところが南は、話の途中に突然不思議そうな顔をして云った。

「どうもおかしなことがあるもんですね。わたしは昨日、T新聞社から映画のフィルムを日本まで持って帰ってくれと頼まれたものですから、宜《よ》し、承知しましたと云って、引き受けたんですよ。ところが、わたしの部屋へ持ち込んで来てあるのを今見てみたらT社のじゃない、A社のですよ。A社からは、いっぺんもわたしは頼まれた覚えはないのに、どうしたことかと思ってるんですがね。おかしいなア。」

矢代は半ばまで聞かないうち南の不思議がるのは尤《もっと》もだと思った。実は矢代もT社からフィルムを頼まれて現に棚の上に置いてあるので、南の頼まれたフィルムの実物を、矢代が代って持っているというわけだった。

「T社のは僕が持ってますよ。」と矢代は云って笑った。

「ヘエ、あなたが——じゃ、わたしのはなんだろう。」

ベルリンのオリンピック競技がまだ後《あと》四日も残っているという日だから、そんな途中に日本へ帰るものなどいない日のこととて、シベリヤ廻りの旅客に封切り用のフィルムを日本まで依頼する苦心は、各社とも血眼《ちまなこ》だった。殊《こと》に矢代の帰る際のはマラソンを映したものであるだけに、一番重要なフィルムであった。またこれを封切る早さの勝負が、各社の能力を顕《あらわ》すものと一般に思われがちであったから、客も新聞社から頼まれればその熱意に動かされ、自然に二社の激しい競争の中に巻き込まれざるを得なかった。こうしていつの間にか、矢代も南も同車の敵という運命に置かれてしまっている二人だった。

「しかし、わたしはたしかにT社から頼まれたんですよ。手紙まで貰ったんですから、わたしがT社の筈ですがね。」

と南はまだ怪訝そうに小首をかしげて考え込んだ。

「じゃ、あなたを日本人一人だと見て持ち込んだんでしょう。」

「そうかもしれませんな。まア、どっちのでもいいや。持って帰ってやりましょう。」

無雑作に南は云ってから、急に矢代の方へ首を突き出し小声になった。

「どうです。あなたのそのフィルムと、わたしのとこっそり取り替えっこしときましょうや。え？　面白いですぜ。そしたら。」

人柄に似合わずふざけ方がひどいので、矢代は黙って彼の顔を見上げていると、また南は首を突き出し、

「ね、替えときましょう。その方が面白いじゃありませんか。」

冗談にしては意外に乗り気な表情である。

「まさかそうも出来んでしょう。」

「どうしてです？」

同意を示さぬ矢代に疑問を感じたと見え、一瞬南は真顔になった。

「どうしてって、別にわけはありませんがね。」

無駄な骨折りをさせるだけの後のごたごたが分りそうなものだ、と矢代は思って笑っただけだったが、よほどこの人も頼まれた方のフィルムを持ちたいらしく、あくまで自分がT社の使いをしているものだと信じている様子が、車中ずっと続いていた。

ポーランドからソビエットへ入るまでの二人は、部屋も別々だったからまだそれほど親

しさもなかった。しかし、ソビエットの国境で乗り換えいよいよシベリヤ行きの列車になってからは、二人は同室になったので、寝るのも起きるのも、食事も、それから雑談まで絶えず同じようにしなければならなかった。

モスコウで四時間ほど停車の時間があったそのときも、街見物に迎いに来てくれたT社の案内の車に、南は遠慮なく乗り込み、当然のことだと思う風に悪びれず街を廻っていた。矢代も迎いのT社の特派員には南を強いて紹介せず、自分同様その社のフィルムを預った一人として、行動をともにした。またこの特派員の夫人は親切な人で、感冒で寝ていたのを起きて来て二人のために、特に車中で食べる寿司まで作ってくれたりした。

旅先きで受けた親切さは旅人は忘れがたいものだが、南にしても、これほどにされては、自分の持ち運んでいるフィルムの性質を知られたくはないらしかった。事実自分の意図とは反対なものを運んでいる南の心中を察すると、矢代も困っている彼の様子に同情せざるを得なかった。そうかと云って、捨子のようになっているA社のフィルムを見ては、それもまた気にかかり、引取人の現れるまでは育てたいらしくときどき退屈になると南は、円《まる》い鑵《かん》からフィルムを取り出して窓の方に透かして見ながら、

「うむ、なかなか面白い。こりゃ、あなた、見てごらんなさい。なかなか面白いものですよ。」

と云っては矢代にも一緒に見ることをすすめた。

「オリンピックは僕も見ましたからね。競争はどうも——そのフィルムだって、満洲里まで着けば、後はそこからT社のとまた競争するんだから、もう何んでも競争だ。」

矢代はこの競争ということが何事によらず嫌いな性質だった。T社から依頼を受けたマラソンのフィルムにしても、A社との競争だと思うと愉快ではなかったが、シベリヤの間だけは無競争も同様なので、する必要のない今の期間だけでも、せめてその競り合いから脱け出していたかった。矢代のこの競争嫌いは、千鶴子を挟んで久慈との間で起りかけたパリでのある一事件の期間も、自分から身を引いたほどだった。また彼が外国で競争らしいものをしたのは、久慈と二人で千鶴子の周囲を廻った記憶以外には一度もなかった。

とにかく、矢代はこのシベリヤの十日の間だけは、忘れられる限りもう何事も忘れていたかった。このようなとき、ふと朝になって眼を醒《さま》し、棚の上にある競争用のフィルムが眼につくと、突然その一角から現実の呼吸が強く顔を吹きつけて来て、急いで彼は視線を反らせた。実際矢代は、今は千鶴子のことも忘れようと努めていた。それはただ単に千鶴子のことだけではなく、見て来たヨーロッパのことも、出来れば頭の中から尽《ことごと》く消したかった。それはどういうわけか彼自身にもよく分らなかったが、考えて見ると、それは日本があまり小さい島に見え始めて来たことが原因のようだった。日本のことを思う度《たび》にそんなに小さく見えて来ると、矢代は、誰からも聞かれぬように胸の奥でそっと「祖国」とこう小声でひとり呟いてみた。すると、胴のあたりから慄《ふる》えるような興奮がかすかに背を走った。

しかし、また彼は、日本へ帰ってから人々の前で、

「祖国」

とこういう名前でうっかり日本を大きく呼んだりすれば、忽ち人々から馬鹿者扱いにされ、攻撃を受ける習慣のあるのもすぐ感じた。それも人々だけではなく、前には自分もそのような一人だったような気持ちもした。しかし、いったい何時《いつ》の間に、誰がこんなにさせてしまったものだろう。矢代は窓から見えるソビエットの平原に向い、ひとりこういうときには胸の中で呟いた。

「ね君、君はそれをよく知ってるだろう。誰が一番こんなにさせたかっていうことを。僕は今にどこの国の人間も、僕が君に云うように、誰も彼も云い出すときが必ずあると思っているよ。俺の国の美風をどうしてくれたとね。云わずにはおれないじゃないか。」

ここはポーランドの国境からずっと写真を撮ることも、旅客は禁じられていた。夜など窓に降ろされたブラインドを上げて外を見ることも許されず、日本人のいる矢代たちの部屋の前には、特にボーイが監視役についていて、中の様子に一晩中聞き耳を立てていた。

しかし、こんなことも、矢代らはもううるさいこととは感じられなくなっていた。ただ一日も早く日本の匂いが嗅《か》ぎたいばかりが望みとなり、それも眼のあたりに迫っているのだと思うと、どんな退屈さや窮屈さも忍耐出来るのであった。それに引きかえて外人たちは、日本が近づくに随って、表情も淋しげで日に日に力のなくなるのがよく分った。船で往くときには、マルセーユへ近づくにつれ勢いを増して来た外人たちの群れだったが、今はそれが反対に衰えの加わる彼らを見ては、矢代は、地中海へ入り始めたころの日本人らが、丁度そんなに凋《しぼ》み衰えていった当時の有りさまを思い出したりした。

南はナチスの外交官がいつも手放さずに、食堂へ行くにも携《さ》げて歩いている二尺大の皮製の薄い鞄を見て、

「何んですか、それは?」と訊ねたことがあった。

「これは日本にとっては、大切な大切なものです。」

とその外交官の一人の方が笑って答えた。国と国とを繋いで動かそうという一本の希望に似た綱が、どちらへどんなに引き合うのか分らなかったが、ただこのような鞄の中に入っただけで簡単に往来をしているのを見ると、矢代は一寸《ちょっと》奇異な感じがした。どこの国も、この鞄の中の希《ねが》いを見たくて堪らぬという時であるだけに、狭い廊下で鞄がズボンに擦れて通るときは、矢代も思わず緊張した。隣室では夜も二人の外交官らは、一人が眠ると他

の一人が起きていて、交代に鞄の番をしている苦心の様子を見ていても、その中の秘密の重さが思い知られた。それもソビエットを挟みドイツと日本とを繋ぐ縄である以上、この一台の客車の進行していることは、ソビエットにとって、身のひき緊《しま》る愁《うれ》いでもあったろう。しかし、何ごとも希望を満たそうとして動いていることに人間は変りはないと彼は思った。よし譬《たと》いそれが幻影に終ろうとも。――

こんなに矢代の思ったのも、一つは彼にもまた希望や幻影が入り交って襲って来ていたからだった。それは日本へ帰ってからするべきさまざまなこと、勉強や、計画の実行などと、考えれば、彼のしたいと思うことがきりなく湧いて来てやまなかった。しかし、そのうちでも千鶴子と結婚するということだけは、これ一つ彼には不安だった。こんな不安は千鶴子とパリにいるときでも附《つ》き纏《まと》って放れなかったことだったが、今もなおそれは一日一日と深くなるばかりだった。

「日本へ帰ってから変るのは、やはりあなたの方だわ。あたし、あなたが変ってもあたしは変らないと思う。きっとあなたの方が変ると思うわ。」

（中略）

「そうだ、もうこんな暢気なことはしていられないぞ。」

と南は云って起き上って来た。そして、ネクタイを締め直し上衣を着て、荷物の中へ洗面の道具を詰め込んだ。車中の不便を思いベルリンから持ち込んだ角砂糖の残りも、ボーイに皆ここで遣《や》ろうと相談して、二人は量の多少に拘泥せず一つに纏めてからボーイを呼んだ。ついぞ笑顔一つも見せず警戒ばかりに終ったボーイも、このときだけはにこりとしてすぐ上衣の下へ砂糖を隠し、聞き取れぬほど小さな声で、「サンキュウ」と一言いうと、恐れに追われるように急いでまた姿を消した。一番角砂糖を喜ぶと聞いていたのでお礼を砂糖にしたのだったが、別れの際の笑顔はやはりどこでも気持ち良かった。

　隣室では外人たちも落ちつかぬらしく廊下へ出て来て立噺《たちばなし》をし始めた。矢代は列車が次第に膨《ふく》れてゆくように見え、身体が凄い渦の中に吸い込まれて流れるような眩暈《めま》いを感じた。絶えず潮騒に似た音が遠くから聞えて来ているくせにあたりが実に静かだった。

　しかし、何といおうと、間もなく着くのだ。――矢代は嬉しくて堪らなかった。日本の方を向き後頭部を後の板に摺りつける風に反って腰かけながら、注意に注意を重ねて落ちついてみたが、微笑が喰《は》み出《で》て来て停らなかった。

「日本は良い国ですよ。実に良い国ですよ。」

　こんな風に触れ込みつつ今自分が駈け込んでいるときだと彼は思った。しかし、何といおうともうすぐ着くのだった。手がさきに向うへ飛んで行き、足が飛び、頭が飛び出して、残っているのはただ胸だけのような気持ちがした。何か日の目を見に世の中へ生れて出て行くときが、丁度こんなものかもしれないと矢代は思った。胸の中でごうごうと水の流れる音がしていて、南が何とか云っているようだったがよく彼には分らなかった。どこからともなく押しよせて来始めた熱気のほとぼりに似たものが、面にあたって来るようだった。それは何んとも云い様のない気忙《きぜわ》しさだったが、急に息苦しい空気が狭い廊下から部屋に入って来たかと思うと、沢山な日本人が並んでどやどや廊下を歩いて来た。いつの間にか列車が満洲里に着いて停っていたのである。

　矢代は腰が上らなかった。混雑して曇って見える廊下の方を向いたまま暫く彼は動かずにきょとんとしていた。すると、彼の名を高く呼びながら各部屋を覗いて来るらしい声が聞えた。

「矢代耕一郎さんいませんかァ――矢代耕一郎さァん――」

　その声はだんだん矢代の方へ近よって来ると、円顔《まるがお》の眼の張ればったい頑強そうな青年が、部屋の入口から矢代を覗き込んでまた呼んだ。

「僕です。」と矢代は答えた。

「あなたですか矢代さん、フィルムありますか。」

　といきなりその青年はむっつりした顔で畳み込むように訊ねた。生れたばかりのような期待に胸がまだどきどきしていたときだったので、矢代はこの青年の失礼な云い方に拍子

抜けがして、

「持ってますよ。」と一言答えた。

「じゃ、それ貰おうじゃないか。」

と早速青年は不躾《ぶしつ》けに云って手を出した。

これが最初に会った日本人だったのか、とふとそう思うと、矢代は張り詰めていた喜びも急に堪え難い悲しさに変った。

「僕のフィルムは大切な預り物だから、君には渡せないね。誰です君は？」

矢代はもうこの男には絶対フィルムは渡さないと思った。彼はもう車から降りるのもいやになり腰を上げなかった。すると、その青年の肩を掻《か》き除《の》けるようにして、痩せた眼の大きい美しい別の青年が後から顕れ、矢代に鄭重にお辞儀をした。

「私はハイラル〔海拉爾。中華人民共和国内モンゴル自治区の都市〕のT社のものですが、この人は今日一寸手伝いに頼んだ人です。遠い所をたいへん御苦労でございました。今日は大雨が降りましたものですから、ハイラルの飛行機が出ませんので、この人を頼んだのです。どうぞフィルムを下さいませんでしょうか。」

なるほど、この青年でこそ自分の念《おも》い描《えが》いていた日本人だと矢代は思った。彼はまた急に嬉しくなって来た。

「そうですか、雨ですかねこれで。僕はまだ汽車が動いているような気持ちなものだから、——じゃ、これをどうぞ。」

　矢代は横に用意してあったフィルムの円鑵を青年に手渡した。誰もそれぞれ何をしているのか分らない泡立たしいときだったので、南はと思って見ると、彼もA社の人に引き立てられ廊下の方へ出て行くところだった。

　矢代は荷物を下げ、フィルムを持った青年に守られてプラットへ降りて行きながらも、前の円顔の青年の顔が見えると少し気の毒な気がして来た。待合室でも荷物の検査があったから、審査の始まるまで待っていなければならなかった。大連行《ゆき》の次ぎの汽車の出るまでまだ八時間も間があるとのことだった。ソビエット側の国境の駅とは違い、こちらの待合室は天井も高く、コンクリートの巌丈さで近代的な感じだったが、大きな包みを抱えて眠っている支那人の群衆の間から蠅《はえ》が群《むらが》り立《た》ち、電燈の周囲を飛んでいるのが、先《ま》ずひと眼で受けたヨーロッパとは違った間延びのした東洋の表情だった。矢代は検査の始まるまで広い待合室を眺めて立っていた。一緒の汽車で来た外人たちは睡眠の不足で元気のない顔つきだった。それにしてもこの汚い包みを抱え蠅の中でい眠っている群衆が地球の大半を埋めているのだと思うと、それを見て来た矢代は、今さら世界の上に蠅につき纏われた宿命の人種の多いのに驚いた。それは東洋のほとんど皆の国がそうだった。

この皆の国から蠅を追い払う努力だけでも、日本のこれからの役目は大変な力が要ると矢代は思った。

「私は警察の者ですが、今夜はこれからどうされます。」

と、私服の眼鏡をかけた背の高い日本人が、矢代に今井と書いた名刺を出して訊ねた。

矢代は別にどこへ行く考えもなく汽車を待つだけだと答えた。

「じゃ、まだ八時間もありますよ。何んなら宿屋をお世話しますから、そこで休んで行かれたらどうです。まだこれからならひと眠り出来ますよ。」

矢代はこの特高課の今井の職責上の目的のことなど今は考えてはいられなかった。それよりも、話しかけてくれる日本人を見るとただ誰でも懐しくなり、職業の差別など全然消えて人間だけが直接話しよる魅力を強く感じた。

「じゃ、宿屋お世話して下さい。一時間でも眠られれば有りがたいな。」

「そうなさいよ。ここは良い宿屋はありませんが、まア休むだけなら沢山ありますから。」

二人がこんな話をしているうちに荷物の検閲が始まった。ここでは所持金を検べなかったが、荷物の中味の検査はソビエット側よりも厳格で時間がかかった。南は矢代からずっと離れたところでA社の人たちに取り包まれ旅中の事など話していた。矢代の傍には特高課の今井がただ一人附き添っていてくれるだけだった。

検査を済ませて外へ出たときはもう夜が明けていた。矢代は朝の日光に眼を細めて、レールを跨《また》いだ。初めて見る日の光りのように爽快だった。彼は呼吸を大きくしながらあたりを眺めて歩いた。樹木の一本もない平原の胸の起伏が波頭のように続いていて、その高まった酒色の襞《ひだ》のどこからも日が射《い》し昇っているように明るかった。短い草の背がハレーションを起しているらしい。一望遮るもののない平原のその明るさに囲まれた中で、街がまだ戸を閉めて眠っていた。刑事の今井は矢代の荷物を持ってやろうといって聞かず、「よろしよ、よろしよ。」と云って重い方を奪うように携《さ》げると、ステッキを地に引き摺って、人のいない通りを先に立った。

「実に美しい所だなア。」

と矢代はときどき立ち停り周囲の平原の波を見ながら呟いた。先に歩いていた今井はその度に矢代の傍まで戻って来て、賞《ほ》められたことが嬉しいらしく彼も一緒に並んで平原を眺めた。乳房の高まりの連《つらな》ったような地の起伏が、空に羞《はじ》らう表情を失わず、嬉々として戯れ翻っている賑やかな嬌態で、見れば見るほど平原の美しさが増して来た。

「いつも見てると分りませんが、万ざら捨てたもんでもないでしょう。」と今井は謙遜に云ってまた先に立った。

「いや、たしかに美しい所ですよ。一寸類がありませんね。」

矢代は疲れも忘れ宿舎へ行くのも惜しまれたほどだった。それも周囲のどちらを見ても美しさは変らなかった。人工の極致とも見える繊細な柔かさで、無限の末にまで届いた祈りのような悲しみが地の一面の表情だったが、それは見ていると、また奔放自由な歓びの線にも見え、清らかな希いに満ちた明け渡っていく世界の明るさにも変って来た。矢代は国境の方の蒼く幽《かす》かに薄靄の立っているあたりを指差して、

「あのあたりがつまり、国境ですね。」と訊ねた。

「まア、国境というのですがね。どこからどこが国境だか誰にも分りませんよ。それにどういうものですか、ここでは自殺をするものが多いのですが、不思議ですね。」

永らくここで暮していても、それだけが分らぬという風に今井は声を落して歎じた。なるほど無理もない、ここなら死にたくなる美しさだと矢代は頷きながら宿舎のホテルへ案内されて入っていった。玄関へ顕れた女中が矢代の前にスリッパを揃えて出した。別に取り立てていうほどの婦人ではなかったが、これも矢代には初めて見る和服の日本の婦人だった。外人には見あたらぬ、特殊な皮膚の細やかな美しさが襟もとから延びているのを見て、思わず矢代はどきりとした。

南と矢代の別れたのはハルビンの駅だった。彼は一路大連まで来てそこから飛行機で福岡まで飛ぶつもりだったのに、平壌まで来ると先きは雨がひどく不時着したので、途中から汽車に替えて海峡を渡った。彼は昼間の日本内地を見たいと思っていたが、下関《しものせき》へ上ったのは夜の一時ごろになった。東京行の出るまでには、まだ一時間半もあったので、彼は山陽ホテルで休息している間に東京の自宅へ電報を打った。そのついでに千鶴子へも打とうかと暫く茶を飲みながら考えたが、やはりそれだけは思い止まった。関門海峡の両側の灯が、あたりに人の満ち溢れている凄《すさま》じさで海に迫っていた。眼にする物象が絶えず跳ね動いているような活気に矢代は人からも押され気味になり、受け答えにも窮する遅鈍なものが、いつの間にか自分になっているのを感じた。それはひどく時代の遅れた自分であり、早急の間に合いかねるその自分から錆《さび》が沁み出ているようだったが、しかし、ともかくも日本へ無事帰りついている自分であることだけはたしかだった。今はもうそのことだけで彼は嬉しく、後はどのような目に逢おうとも忍耐出来ると思い、彼は胸の中に笑いの綻《ほこ》ろんでいくようなゆったりとした気持ちで周囲を見廻した。人々の多くは洋服を着ていたが、どれも皆洋服のようには見えなかった。男たちは皆眼光が鋭く不意に殺到して来そうな気配の中を、婦人たちが何の恐れげもなく歩いているのが、不思議と優雅なまめいた魚の泳ぐ姿に見え楽しそうだった。

上りの汽車に乗ってからも彼は満員の食堂車へ入って見た。ナイフとフォークを使う人々の手の早さが刀を使っているようで、狭い車内の傾いて飛ぶぐらぐらした中でも、揺れつつ肉を突き刺し巧みに口へ入れていた。総体が気忙しく立ち廻り、入り乱れているにも拘らず、それぞれ何の間違いもなく無事安泰に流れてゆくようなその感じは、見ていても胸の空《す》くほど凄じい勢いだった。それはもう西洋でもなければ東洋でもなかった。まさしくこれこそ世界で類のない生の躍動そのもののような日本だと思った。

その夜はつづいた睡眠の不足で矢代はすぐ眠くなったが、寝台を取り忘れていたので展望車の椅子にそのままうとうとした。彼の横にマニラから帰って来た青年が二人、十年ぶりだといって窓から故郷の沿線の様子を楽しげに眺めていた。対《むか》い合《あ》った二人は嬉しさに落ちつかないらしく、右を見たり左を見たり絶えずして眠らなかった。矢代にも向うから話しかけて来て、マニラの状況を報《し》らせたりどこから来てどこへ行くのかと訊ねたりした。矢代はシベリヤから帰って来たと答えると、シベリヤのどこかとまた訊ねた。乗車したのはベルリンからだと答えると、急に二人は他人行儀な冷淡な顔つきになって窓の外を向いてしまい、それからもう話そうとしなかった。矢代はそれを機会に横になって眠った。

眼が醒めたときもう朝になっていた。窓の下に海が拡《ひろが》り砂浜の上を浴衣の散歩姿が沢山あちこちに歩いていた。夾竹桃《きょうちくとう》の花が海面の朝日を受けて咲き崩れている間をよく肥え

うぽっぽ同心十手綴り かじけ鳥

坂岡 真

男手ひとつで育ててあげた愛娘が手許から去ってしまう。そんな折、失踪した妻の消息を知るという女が現れて……。「十手綴り」シリーズ、悲喜交々の最終巻。

●770円

十津川警部 雪と戦う 新装版

西村京太郎

大清水・関越両トンネルを爆破する――。JRと道路公団に脅迫状が！　四億円を要求する犯人の真の狙いは？　雪を血で染める大惨事に挑む十津川警部。

●836円

決定版 ゲゲゲの鬼太郎 鬼太郎夜話（上下）

水木しげる

住む場所をなくしあてもなくさまよう鬼太郎親子は、いくつもの怪事件に巻き込まれる。危機に直面する鬼太郎を襲う悲劇。はては物の怪に命を狙われ――。

●各946円

た紳士が敷島を一本口に喰わえ、煙をぱっぱと吐き流して歩いているのを見て、矢代は瞬間眼の醒めるようなショックを受けた。淡路島らしい島が薄霧の上に煙って幽かに顕れて来る。雄松《おまつ》の幹のうねりが強く車窓に流れていった。日本の朝の日の光を矢代は初めて見たのである。彼は車窓から乗り出すようにして自分の国は世界で一番幸福そうな国だと思った。そのうちにシベリヤ以来すっかり忘れていた合服《あいふく》が夏の日にだんだん暑くなって来た。

編者解説

「旅愁」と「帰心」――横光利一『旅愁』

横光利一が「箱根丸」で欧州周遊の途に上ったのは一九三六年（昭和十一）二月二十日であった。神戸を出港、上海を経て台湾海峡に至ったとき「二・二六事件」の報が入った。デッキゴルフに興じていた日本人客らは一瞬身を固くしたが、ゲームをやめることはなかった。

三十八歳になる横光利一の旅の目的は、東京日日新聞に連載予定の欧州を舞台とした小説の取材であった。比較文化を主題とした小説に日本人男女の恋愛を絡める。そこまでは考えたが、その先は空白だった。当初、一年程度と見込んだ欧州を体感する旅にはかなりの費用がかかるが、新聞社の援助は一部で、多くは自費であった。しかし「円本景気」以来作家の収入は多く、「小説の神様」と評された横光にはゆとりがあった。

マラッカ海峡からインド洋、紅海を経て地中海に入った船は、出航三十六日後にマルセイユに着いた。最初に訪ねた丘の上の教会で横光は、流血するキリスト像の生々しさに辟易した。そのあとパリに行き、ついで英国、オーストリア、ハンガリーをめぐって、七月下旬、ベルリンへ行った。ベルリン五輪取材は新聞社に課せられた義務であった。

ベルリンから汽車で帰国の途についたのは三六年八月十一日夜である。まだ競技は四日残っている。そんなとき帰国する人はまれだから、九日に行われ、孫基禎《そんきてい》が胸に日の丸をつけて優勝したマラソンの記録フィルムを日本に持ち帰ってくれ、と東京日日新聞から頼まれたのは自然なことであった。

スターリンの大粛清が本格化しつつあったモスクワでシベリア鉄道に乗り換え、東へ向かった。単調で退屈な風景が永遠に続くかと思われたが、ベルリンを発して九日、列車は満洲西端、満洲里《まんしゅうり》に着いた。休息したホテルで和服姿の仲居を見たとき、横光の心は初めてくつろいだ。

満洲里から満鉄でハルビンへ。そこでシベリア鉄道で同室だった初老の日本人ビジネスマンと別れた横光は満鉄本線で大連へ南下した。

途中、奉天（瀋陽）から安奉線と朝鮮鉄道を経由して釜山・下関に向かうのが普通のコースだが、横光は大連から飛行機で飛ぼうと考えた。うまくいけば二日早く帰れる。ただし費用は三倍にかさむ。

ベルリンからアメリカまわりで帰国するか、シベリア鉄道で帰国するか、最後の最後まで迷ったと横光は書いている（『欧州紀行』）。しかし実際には、すでに六月にパリでソ連の通過ビザを申請していたのだから、心はとうに決まっていた。

アメリカを体感してみるのは作家として望ましいことだ。しかし、さらにひと月はよけいにかかる。それは堪えがたい。

横光の「帰心」を駆り立てていたのは千代夫人であった。愛読者として訪ねてきた彼女の上品な美貌にほとんど一瞬のうちに心を奪われた横光は、時をおかず妻としたのである。欧州旅行中は山形県鶴岡の彼女の実家に預けた家族に、とりわけ妻に、一日も早く会いたいという思いはつのった。それが、一年と予定していた旅を半年に縮めた理由であった。

しかし、大連では一日一便の飛行機に乗り遅れた。ヤマトホテルに泊り、翌日の朝には乗れたが、悪天候のため途中の平壌で打ち切りとなった。結局、その日の夜遅くの特急列車で釜山まで南下、連絡船で下関に渡った。はじめから汽車で帰るより半日遅れた。

下関からは特急「富士」である。寝台車が満員だったので、横光は列車最後尾の展望車の椅子でうたた寝した。帰国して、日本のたたずまいに深く安堵したのは『旅愁』の主人公・矢代も横光も同じだが、東京駅に着いた横光は、矢代と違ってその足で上野駅へ行き、鶴岡へと向かう夜行列車に乗ったのである。

応召記（抄）

山田風太郎

（『戦中派虫けら日記』より）

昭和十九年三月九日

○高須さんの家にゆき、奥さんと三人でシネマ・パレスにレ・ミゼラブルの続篇「コゼットの恋」を見にゆく。

春の夜靄の漂った湯島で二人と別れて五反田に帰り、寝についてまもなく、十一時半ごろであったろうか、突然アパートの入口を鳴りゆるがせて、

「双松さん！　双松さん！　電報ですよ！　山田さん、山田さんて方はいられますか！」

と、叫ぶ声がした。自分は一寸胸の動悸がしたが、すぐ直感的に、来たな！　と思った。起きようと身を起しかけたとき、台所でまだゴトゴト音をたてていた斉藤さんの奥さんが受取って、持って来てくれた。「ショウシュウキタアスムカイユクタカシ」とある。

二階にやはり山田金市という職工さんがいて、このひとのところにときどき電報がくる。「山田さん、電報ですよ！」などと叫ばれると、いままで自分は全身が震えたものだが――尤もこれは召集の恐怖のためではない――ふしぎなことに今度に限って震えなかった。ただどういうわけか可笑しくなって、電報を見つめたまま、しばらくクックッ笑っていた。

まもなく、その山田さんが外から帰って来て、廊下を通りすがりに電灯のついている自分の部屋の戸をあけてのぞきこんだ。酔っぱらって、明日卵丼をくわせるから自分の部屋に来いという。デタラメだが好意にみちたデタラメである。自分は持てあまして、召集の電報を見せた。見せるとウルサイナと思いつつ、さすがに自分一人では押え切れない昂奮があった。

果して山田さんはびっくり仰天した。たちまち町会にいって来ようだの、隣組で壮行会をやらねばならんだの、酒は二升もらえるだの、アパート中ガンガン鳴りひびくような声で騒ぎ出す。自分は持て余し、後悔した。こんな身体で、肋膜で、九分九厘までは帰されるにちがいないから、あまり大ゲサに騒ぎたててもらいたくないと静かに断った。

十日

○九日夜、孝叔父が国を出たとすると、きょうの昼ごろ着くはずだと思って、東京駅に待つべく省線にのる。

さて考えてみるのに、いつ入隊なのか日が分らない。十五日過ぎかも知れないし、二十日ごろかも知れない。「アスムカイユク」というのは、自分を徹底的に信用していない叔父のことだから、ひょっとしたら赤紙くらい平気でおっぽり出しかねない奴だ、という途方もない心配のせいかも知れない。

とにかく一日二日は叔父が在京するものときめて、さて懐中の財産三円五十銭では情けないので、途中田町に下りて、一ト月ぶりに会社にゆき、竹沢さんから二十円借りる。召集が来たというとみんな驚くが、すぐにニヤニヤと笑う。自分も笑う。もっともこれは自分がいまロクマクをやっているというせいもある。そうでなかったら、とられるか、とられないかは、現在の状勢から見て五分五分だから、みなもニヤニヤ笑い出すことはなかったろう。

それから田町にやって来たが、もうひるちかく、果していつ叔父が来るか、来たとしても東京駅に下車するか品川に下車するか不安なのでまたアパートに引返す。すると また電報が来た。「ショウシュウキタキョウムカイユクタカシ」とある。

郵便局にいってその文の末尾にあるセ九・四九・オの意味をきくと、オは特別の符号だが、セ九・四九は午前九時四十九分という意味だそうだ。発進は福知山駅だから、五反田駅で汽車発着時間表を貸してもらって調べると、どうしても今夜八時以後東京に着くことになる。しかしこの電報はだれかに打ってもらって、叔父はもう汽車に乗っているということもあり得るので、五時ごろアパートを出て東京駅にゆく。

改札口のあるホールで待っていると、寒気身に迫る。電灯の数少なく、薄暗い。チョボクレ調ばかりの小説が書けないかな、など考えていて、召集に対する不安は全然ない。そうかといって絶対に帰されるという自信があってタカをくくっていたわけでもない。

急行がくるたびに改札口に走り寄る。待ち合わせる一群の人々は、汽車のつくたびにそれぞれ目当ての人をつかまえて去ってゆく。八時――八時半――九時。そのうちに雪になったとみえ、外から入ってくる人々の帽子もオーバーも真っ白だ。風がびゅうーと吹きこんで来て、全身は冷たくなってしまった。それでもこの闇と雪の中で、叔父が五反田の自分のアパートをさがすことを思うと、帰るにも帰れない。十時まで待って、ようやく東京駅を去る。

　五反田のアパートに帰ってみると、自分の部屋の窓に灯がともっている。さては、と思いつつ玄関で靴をぬいでいると、自分の部屋の戸をあけて叔父が飛び出して来た。「ああ！」といってお辞儀すると、ウム、ウム、と恐ろしくふきげんな顔である。立派な態度で相対そうという決心も心構えもケシ飛んでしまった。

　それから挨拶をして、お茶をわかしたり火を起したりする。三帖の汚ない座敷にはちょっと参る。

　召集は十二日朝九時、姫路に集まるのだそうだ。白紙で、教育召集である。時間的に故郷に帰る余裕はないのだから、姫路で待ち合わせようと思ったが、万一まちがいでもあると一大事なので迎えに来たといった。やっぱり品川駅で下りたのだそうで、そのむね浜松駅から打ったのだが、その電報は叔父がこのアパートについてからやっと到着した由、叔父はプンプン怒りながら、その電報をポケットからひきずり出して見せた。

何にしても郷里に帰って、挨拶することをまぬがれたのはありがたい。帰されるかも知れないのだからあまり大きな口はきけないし、それかといってあまり意気悄然たる挨拶もできないし、実際閉口していたのである。

「この冬、河江《かわえ》に帰ったそうだが、なぜうちに帰らなかった？」といった。「帰るとドヤサレそうだから」というと、「そういう心がけだから！」と大変怒った。

受験のことを話す。とにかく久留米医専の願書はとったが、ロクマクにかかった上、しかも天なるか命なるか、その試験日がこの十二日なのだ、というと、もうほかにはないのか、ときく。東京医専の〆切が十五日だが、あそこはとうてい自信がない、というと、若し軍隊がだめだったらともかく一応受けるだけは受けて見ろ、といった。

叔父は、河江の伯母の愛は小愛だという。女の盲目の愛だという。そうかも知れぬ、しかし、真の愛はつねに盲目の愛ではあるまいか。少なくとも自分の飢えていたのはそんな愛であった。奮発心を起させるために万金の金を見せつつ与えない人よりも、ただ涙をそそいでくれる人の愛であった。

自分はとても軍人や政治家やいわゆる立志伝中の人の性向ではない。自分の心に起ったのは奮発心ではなく、絶望と疑惑と虚無と孤独であった。しかし自分は必ずしも奮発する人よりも自分がえらくないとは思わない。えらいにもえらくないにも、自分はそういう人間なのである。

　身体を診てくれる。大したことはないと思うが、まあ九分九厘まで軍隊にとられることはあるまい。しかしそれは何ともいうことができない、といった。

　一時近く寝る。旅館もないので、丁度廊下の向うの赤坂さんが疎開で引っ越したあとの六帖に、自分のふとん一つに寝る。おまえはそちら向きに寝ろ、僕はこちら向きに寝るというのでたがいちがいに寝る。顔見合わせて寝るのはこっちも御免こうむりたいが、そのくせ向うからそういわれると、神経質で自尊心の強い自分にはひびく。

十一日

○朝早くから起きて火をおこしたり、湯を沸かしたりする。そのうち叔父も起きて急行の時間を調べて来てくれというので、五反田駅まで雪のうすくつもった街路を駈ける。やはり息が切れる。

九時半の下関行急行がきょう一番に姫路へゆける汽車なので、東京駅にゆき、召集令状を見せてやっと切符を買う。

車中、戦争の話をする。戦争というより叔父が読んだ『御盾』という小説の話である。自分は読んだことはないが、叔父は大変感心のていであった。また何かのはずみに親子の愛の話をする。「親の愛というものは、はたから見ていると腹立たしいものだ」と叔父いう。ああ、親のない自分と、子のない叔父が、親子の愛について話す！　どっちも暗中模索だ。二人とも分らないのだ。愛し合うべき叔父と甥が、冷然と他人の親子の愛をあやしみ、嘲笑する。何たる喜劇ぞやである。

食堂車で昼飯を食べ、夕飯を食べる。八十銭の定食、東京よりはマシである。叔父は酒をとったが水っぽいといって飲むのをやめた。こんどは哲学の話をする。ショーペンハウエルの厭世哲学やアインシュタインの相対性原理や——ショーペンハウエルやアインシュタインがきいたら吹き出すような哲学談。

夜十時過姫路につく。街路に灯は一つもなく、月はあるのに小雨がふっている。

宿屋に二軒寄ったが、やはり召集兵満員で、やむなく警察へいって召集令状を見せ、三木屋というのに電話してもらう。ガランとした薄暗い夜の警察に夜勤している二人の巡査の黒服は妙に陰惨だった。

三木屋も実は満員で、大広間にはもう蒲団の列が並んでいた。自分はその端に、これまた蒲団が一組しかないので、昨夜と同じ寝方で寝る。

叔父は薬瓶をとり出して、ひとりでのんだ。「のまんか」というので二杯ほど水筒のふたでのむ。酒であった。それから長い説教がはじまった。とにかくおまえのものの考え方は根本的にまちがっているという。

「今の状態では、おまえは首でも吊るよりほかにないぞ」

最後に、薄暗い大広間で、叔父はトドメを刺すようにいった。

十二日

○宿屋で召集兵一同といっしょに朝食を食べる。みな、その飯のほかに持参の弁当を食べる。こちらには何もない。こんな哀れな召集兵は他にあるまい。

やがて中部第五十二部隊の所在地にゆく。

長い道路は、ゆきちがう青い国民服の、二つの潮に波打っている。反対側へゆくのは第四十六部隊へゆく人々だそうだ。練兵場のかなた、樹々の間に白鷺城は美しく朝の太陽にかがやいていた。それは今にも羽ばたこうとする白鷺のようだった。草の葉はひかりつつざわめき、地は白く、山脈のひだひだの残雪は爽やかだった。町の出口の橋のたもとに一群の兵が立ち、つきそいの人々を追い返していた。

叔父と別れて、自分は一人で広い大道を歩いていった。叔父には十時ごろまで姫路駅に待ってもらって、それ以後は勝手に帰ってもらうことにした。

道を大股に歩きながら、自分はすがすがしい気持がした。軍隊に入った方がいいと思った。

五十部隊の立札があった。五十一部隊の立札のところには、もう雲霞のような召集の青年の群が、腰を下ろしたり、煙草を吸ったり、笑ったりしていた。

ここで自分は中学時代の下級生で寄宿舎にいたという千葉という青年に逢った。しかし自分は彼を知らなかった。小学校時代の友人の宮本という男に逢った。しかし自分は彼も知らなかった。自分にとって過去は一つの巨大なる幻である。それは幼年時代だけ春の日のように無性な光輝の眩惑にきらめき、あとは暗い、薄ら寒い宵闇の色にぬりつぶされ、煙り霞んだ一つの漠然たる湖である。

九時になって、練兵場に集合する。

千人くらいもいたであろうか、ムチャクチャに集合した中で、軍医が台上に立って、最近播州方面の工場にいた者や、家族中に伝染病が出た者を呼び出して、赤インクをつけたコヨリをわたした。播州方面にはいま腸チフスや赤痢がはやっているそうで、それはすでにこの部隊にも侵入しているそうで、なるほどそこらに立っている兵隊はみんな口に白いマスクをかけていた。

次に最近結核とか肋膜にかかった者は手をあげて前に出ろという。自分はためらった。ためらったのは、卑怯に見られることを怖れたのである。他人に見られるより自分に恥じたのである。しかし百人近く出たであろうか。「嘘をついては部隊の迷惑になる」と軍医がいう。自分は手をあげて、前に出た。そして白いコヨリをもらった。

それから一々名を呼んで、中隊分隊に分ける。まず右の一人の兵隊が、何々郡何々と呼ぶと、駈けていって右の青江隊という立札のところへゆく。次に左の兵隊が、やはり同じ文句で呼ぶと、左の「藤枝隊」の立札のところへ走ってゆく。二人の兵隊の声は交錯し、高らかな「はいっ」という返答は波のようにひびく。空は薄白く曇って来、風は冷たくなり、自分はだんだん異様な緊縛感に包まれて来た。

終り近くなって、自分は右の兵隊に呼ばれた。青江隊であった。走ってゆくとまた二人の兵隊がいて、名をいうと、よし第五分隊！　といった。やがて全部呼び終った。

自分の分隊が三十五人ほどいたから、そして第五分隊が終りだから、青江中隊で百七十五人、藤枝中隊も同様、合わせて三百五十人ほどで、そう計算してみると案外少ないが、実際に妙にたくさんに――千人ほどにも見えた。

練兵場では十騎あまりの騎馬兵が水たまりにしぶきをあげつつ駈けめぐっていた。そのうちに一頭の馬がたてがみを躍らせて走って来た。鞍もふりおとし、狂いまわって練兵場の門から走り出し、前の道路をいっさんに駆けていった。兵が二、三人追っていった。

「あれが中隊長殿、青江○彦殿である！」

と曹長の徽章をつけたマスクの兵隊が叫ぶ。ふりむくと若い中尉で胸にキラリとひかる銀色のマークをつけて、何かそばの兵隊が報告するのに肯いていた。みなの注視を意識して、その頬は赤く染まり、どこかういういしい、しかし凜々しい長身の貴族的な容貌であった。

やがて引率されて営門をくぐり、広場を横断し、真正面の営舎に達する。天井の高い大きな厩《うまや》みたいな建物で、土間にはムシロがしきつめられ、つぎはぎだらけの毛布が折りたたまれて並んでいる。戸は全正面にわたって観音開きになり、その中央に「青江隊兵舎」と書いた標札が打ちつけてあった。隣の同じ様式の兵舎の前には藤枝隊の連中がぞろぞろ入っていた。今は全兵舎満員で、即日帰郷者以外は今日からここが自分の御殿となるわけである。

各毛布の前にめいめいの持物を置き、また引率されて出る。小さな坂をのぼり、右へ曲って、連隊事務室や軍医室などのある建物の横に集合、裸になって、走ってその入口の一つに入る。日蔭で、風は吹きめぐり、その中を雪どけの水溜りを蹴たてつつ、猿股一つのはだしで走るのは辛かった。

廊下をウロウロして、兵隊にどなりつけられつつ、やっと或る部屋に入り、すぐに身長体重胸囲をはかる。徴兵検査のときより、体重は四キロへって四十四キロ、胸囲も三センチへり、身長までが六十三センチから六十一センチになっていたのには驚いた。内診で白いコヨリを見せる。この一月下旬風邪をひき、二月中旬肋膜となり、三月上旬東大で肺浸潤といわれたと報告したら、すぐに書類に「右肺浸潤」と書き、上に(帰)と書いた。

自分は「左湿性肋膜炎」であった！　何かいおうとしたら「黙れ、次っ」とどなりつけられた。

——しかしどちらにせよ、それは大したちがいではない。自分は兵隊にはなれぬ肉体の所有者であり、要するに即日帰郷者になったのだ。

（中略）

ようやく四時半、連隊事務所にいって、帰郷の金をもらう。自分は九円六十銭もらった。乞食より恥ずかしいことに思った。だれか一人「これは国防献金にして下さい。お願いします」と叫んだが、係りの兵は微笑しただけだった。

夕日の色になった練兵場をななめに通って門の外に出る。送って出て来た兵が「おまえたちは残念ながら身体が悪いので即日帰郷となった。しかしまたすぐ召集がゆくだろう。

それまでにしっかりと身体をなおして御奉公できるようにしておけ、ではこれで」といった。自分たちは敬礼して別れた。路には夕日がしずかにのびていた。自分たちはトボトボと歩いた。からだも心も疲れていた。

姫路城の下に来た。美しかった。さびしい美しさであった。樹々の半面も赤くひかっていた。その下に、いつのまに先に来たのか、先刻の白痴がまたぺたんと腰を下ろして、茫然と道ゆく人々を見あげていた。

○腹がすいて駅にちかい支那料理店で何かえたいの知れないものを食い、駅にいったが、もう今夜の汽車は満員だというので、明朝の急行券を買い、町に戻って昨夜断わられた岩城旅館に泊めてもらう。三帖の部屋のうす暗い灯の下で、さまざまの思いに眠られず、煙草をふかしふかし、夜をすごす。

十三日

○朝日にかがやかしい姫路の町を離れる。急行は三十分遅れていた。

御著《ごちゃく》駅がその次にあったので一寸驚いた。すると、三木城はどこにあるのだろう？

地図を全然見ないで史書を読んでいる自分には、自分勝手の位置に城や戦場を置いていることがある。小牧長久手の戦場を意外のところに発見して驚いたのは最近のことである。

京都をすぎて食堂車に入り、二人前食う。大津でまた弁当を買って食う。軍隊ではアルミの飯を一人だけもてあましたほどの小食の自分にも、なお三食分食えるほどの分量なのである。

西下するとき一面の吹雪に暮れて、しかも西の空の雲の一方を妖しい赤さでかがやかし、白い田園のところどころに群がり立つ肥料の堆が、何となく燃えるモスコーを攻撃するナポレオン軍を空想させた伊吹、美濃あたりの風景は、きょうはもの憂い春日に眠っていた。

夜十時ごろ東京品川につく。帰って寝たら、久しぶりに寝汗をかいた。やっぱり活動がすぎたのであろう。

「断腸亭日乗　昭和二十年八月」より

永井荷風

八月十三日、未明に起き明星の光を仰ぎつつ暗き道を岡山の停車場に至るに、構内には既に切符を購わんとする旅客雑遝《ざっとう》し、午前四時札売場の窓に灯の点ずるを待ちいたり、構外のところどころには前夜より来りて露宿するもの亦尠《すくな》からず、余この光景に驚き勝山往訪の事を中止せんかと思いしが、また心を取直し行列をつくれる群集に尾して佇立する事半時間あまり、思いしよりは早く切符を買い得たり、一ト月おくれの盂蘭盆にて平日より汽車乗客込み合う由なり、余は一まず寓居に戻り朝飯かしぎこれを食して後、再び停車場に至り九時四十二分発伯備線の列車に乗る、僅に腰かけることを得たり、

前側に坐しいたる老婆と岡山市中罹災当夜の事を語る、この老婆も勝山に行くよし、弁当包をひらき馬鈴薯小麦粉南瓜を煮て突きまぜたる物をくれたれば、一片を取りて口にするに味案外に佳《よ》し、汽車倉敷を過る頃より沿線の丘陵左右より次第に迫り来り短き隧道に会うこと再三に及ぶ、沿道には到処清渓の流るるあり、人家は山に攀ず、籬辺時に百日紅の爛漫たるを見る、正午の頃新見《にいみ》と云う停車場に着しここにて津山姫路行の列車に乗替をなす、車窓より町のさまを窺うに渓流に沿い料理屋らしき二階家立ちならびたり、人家皆古

びて清潔ならず、鉄道従業員この地に住居するもの多きが如し、新見の駅を発するや左右の青山いよいよ迫り、渓流ますます急なり、されど眺望広からざるを以て風光の殊に賞すべきものなし、一歩々々袋の中に追い込まれ行くが如き心地す、車中欧人夫婦幼児を抱きて旅するものあるを見たり、午後一時半頃勝山に着し直に谷崎君の寓舎を訪う、

駅を去ること僅に二三町ばかりなり、戦前は料理店なりしと云、離れ屋の二階二間を書斎となし階下には親戚の家族も多く頗《すこぶる》雑遝の様子なり、初めて細君に紹介せらる、年の頃三十四五歟、痩立の美人なり、佃煮むすびを馳走せらる、一浴して後谷崎君に導かれ三軒先なる赤岩という旅舎に至る、谷崎君のはなしに谷川べりの好き旅宿に案内するつもりなりしが独逸人収容所になりて如何ともしがし〔ママ〕と、余が来路車中にて見たりし洋人は思うに独逸人なりしなるべし、やがて夕飯を喫す、白米は谷崎君方より届けしものと云う、膳に豆腐汁、町の川にて取りしと云う小魚三尾、胡瓜もみあり、目下容易には口にしがたき珍味なり、食後谷崎君の居室に行き閑話十時に至る、帰り来って寝に就く、岡山の如く蛙声を聞かず、蚊も蚤も少し、

八月十四日、晴、朝七時谷崎君来り東道して町を歩む、二三町にして橋に到る、渓流の眺望岡山後楽園のあたりにて見たるものに似たり、後に人に聞くにこれ岡山を流るる旭川の上流なりと、其水色山影の相似たるや蓋し怪しむに及ばざるなり、

正午招がれて谷崎君の客舎に至り午飯を恵まる、小豆餅米にて作りし東京風の赤飯なり、余谷崎君の勧むるがまま岡山を去りこの地に移るべき心なりしが広嶋岡山等の市街続々焦土と化するに及び人心日に増し平穏ならず、米穀の外日用の蔬菜を配給せず、他郷の罹災民は殆食を得るに苦しむ由、事情既にかくの如くなるを以て長く谷崎氏の厄介にもなり難し、依て明朝岡山にかえらんと停車場に赴き駅員に乗車券のことを問う、明朝五時に来らざれば獲ること難かるべしと言う、依て亦其事を谷崎氏に通知し余が旅宿に戻りて午睡を試む、燈刺谷崎氏方より使の人来り津山の町より牛肉を買いたればすぐにお出ありたしと言う、急ぎ小野旅館に至るに日本酒も亦あたためられたり、細君下戸ならず、談話頗興あり、九時過辞して客舎にかえる、深更警報をききしが起きず、

八月十五日、陰りて風涼し、宿屋の朝飯、鶏卵、玉葱味噌汁、はや小魚つけ焼、茄子香の物なり、これも今の世にては八百善の料理を食するが如き心地なり、飯後谷崎君の寓舎に至る、鉄道乗車券は谷崎君の手にて既に訳もなく購い置かれたるを見る、雑談する中汽車の時刻迫り来る、

再会を約し、送られて共に裏道を歩み停車場に至り、午前十一時二十分発の車に乗る、新見の駅に至る間隧道多し、駅毎に応召の兵卒と見送人小学校生徒の列をなすを見る、されど車中甚しく雑沓せず、涼風窓より吹入り炎暑来路に比すれば遥に忍び易し、新見駅にて

乗替をなし、出発の際谷崎君夫人の贈られし弁当を食す、白米のむすびに昆布佃煮及牛肉を添えたり、欣喜措く能わず、食後うとうとと居眠りする中山間の小駅幾個所を過ぎ、早くも西総社また倉敷の停車場をも後にしたり、農家の庭に夾竹桃の花さき稲田の間に蓮花の開くを見る、午後二時過岡山の駅に安着す、焼跡の町の水道にて顔を洗い汗を拭い、休み休み三門の寓舎にかえる、S君夫婦、今日正午ラジオの放送、日米戦争突然停止せし由を公表したりと言う、恰も好し、日暮染物屋の婆、雞肉葡萄酒を持来る、休戦の祝宴を張り皆々酔うて寝に就きぬ、

〔欄外墨書〕正午戦争停止

編者解説

戦時下の汽車旅――山田風太郎と永井荷風の日記

戦時下、頽勢著しい時期でも人は移動する。汽車は走りつづける。

一九四四年（昭和十九）三月、二十二歳の山田風太郎に召集令状が届いた。風太郎の性格、日頃の反抗的態度を不安に思った叔父は、兵庫県の山間、関宮《せきのみや》からわざわざ上京、姫路の連隊まで風太郎をともなった。だが肋膜炎のうえに栄養不足で痩せこけた彼は不合格、「即日帰郷」となった。戦争の役に立つ体の持主ではない、と宣告されたのは三月十二日のことだった。

疲れきって三月十三日の夜遅く帰京した風太郎は締切日の十五日に東京医専の願書を提出、その日のうちに口頭試問と体格検査を受けた。まさに綱渡りであった。

学力試験は十九日である。前年も東京医専を受験したが、そのときは受験者二千人で合格者百五十人、この年は受験者三千人であった。工場勤めの疲れと空腹で勉強は進まず、自信はなかったが、二十九日発表の合格者の中に番号があった。

しかし学校への納入金がない。実家の叔父に手紙で頼んでも返事はない。四月八日の入学式には出席したものの、もう学校はあきらめるつもりで職場の先輩に相談すると、とにかく一度帰郷して話して来い、といわれた。

警察で百キロメートル以上の旅行証明書をもらい、駅でも証明を受け、四月十三日の夜行急行に乗った。だが直接実家に帰る勇気は湧かず、親戚の家に泊ったり、ぐずぐずして汽車に遅れたりでさらに二日を費やした。三日目も、バスで関宮にすんなり帰る気にはなれず、十六キロの山道を五時間かけて歩いた。

叔父の長い説教のあと、授業料は出してもらえることになったが、そのかわり亡父から受け継いだ医院の権利を、やはり医者である叔父に担保として差し出した。

五歳で父を失い、十五歳で母をなくした風太郎の旧制中学の成績はよかった。しかし軍事教練を担当する退役軍人に嫌われて「未修」のままだったため旧制高校に進めず、一人で人生をわたるには医者の学校に入るしかなかったのである。

戦後、まだ風太郎が東京医専在学中、賞金欲しさで応募した探偵小説が江戸川乱歩に認められ、医者ではなく作家として身を立てることになった。

永井荷風が二〇年（大正九）四十歳で麻布市兵衛町に建てた家、「偏奇館」は四五年三月十日の大空襲で焼亡した。荷風は東中野の知人宅に身一つで逃げたが、そこも間もなく焼かれた。六月、疎開した先の岡山でも空襲に逃げまどった。

岡山県中部、勝山に疎開していた谷崎潤一郎夫妻を荷風が訪ねたのは四五年八月十三日であった。できれば自分も勝山に疎開したいと望んでいた荷風を、谷崎夫妻は温かくもてなしたが、「部屋と燃料とは確かに請け合えるが食料の点の責任」は負い難く、勝山定住はできないと丁寧に断わった。八月十五日、谷崎夫妻に感謝しながら汽車で岡山へ帰った荷風は、そこで終戦を知り、祝杯をあげた。

荷風は、戦後の四六年一月、千葉県市川市菅野《すがの》に移った。東京に戻りたかったのだが、東京で罹災した証明が取れず、かなわなかった。小石川表町の家を焼かれて、やはり罹災証明が取れなかった幸田露伴、幸田文《あや》父子も、たまたまおなじ菅野の安普請の家に住んでいて、露伴は四七年夏、そこで死んだ。荷風は「礼服なきを以て式場に入らず門外に佇立して」露伴を見送った。

市川では、家主のラジオの音量の大きさで喧嘩したり、若奥さんの寝室をのぞいたりで二度追い出された荷風は、やがて近くに小さな家を買って、そこから連日浅草に通って女給や踊り子たちと親しんだが、五九年四月三十日、一人で死んだ。常に持ち歩いていたカバンには合計二千三百万円あまりの預金通帳と現金三十一万円が入っていた。荷風が最後に書いた文字は、新潮社宛、二万六千余円の領収証の署名であった。

鄙の長路《ながじ》

上林　暁

上総の中野というところに、鄙《ひな》びた鉱泉場があると聞いたのは、去年の梅雨頃のことであった。或る屋台へ飲みに寄っていて、そこのおかみから偶然教わったのであった。そのおかみが赤坂で芸者をしていた時分、お客に連れて行ってもらったことがあるというのだった。谷川の方へずうっと降りて行ったところに浴室があって、とても静かな好いところだとの話で、爾来私は、上総中野の鉱泉場を頭に描き、心の中で温めていた。

漸く今年十一月の中旬頃になって、私は新しい小説に取掛かるため、朝十時半頃家を立って、上総中野の鉱泉場に向った。私はたまにそういう仕事を持って出かけることがあるにしても、湯河原だとか熱海だとか伊東だとか、そんな華かな場所は、趣味にも膚にも合わないのである。私がいつも選ぶのは、山奥の鄙びた、人に知られぬ鉱泉場なのである。地図で見ると、上総中野というところは、房総西線の五井という駅で小湊鉄道に乗換え、それの終点に当っている。私は御茶ノ水駅で、先ず千葉行の電車に乗換えた。

私が房総地方に向うのは、昭和四年の夏以来のことであった。思えば、あれ以来二十年が経っているのである。その頃私は、或る雑誌社の編集記者をしていた。お盆に貰った幾何かのボーナスと休暇を利用して、妻と共に、房総半島一週の旅に出たのであった。その時持って行った「房総名勝案内」という冊子が、今もなお残っていて、今度の旅でも、私はボストン・バッグの中に入れているのであった。私の妻は、五年前に亡くなってしまったが、その頃は未だ結婚後一年に満たなくて、新妻と言えば言えるのであった。その新妻を連れての旅であったから、私にとっては後にも先にもない楽しい旅であったが、その楽しさとともに、悔いの心と苦い後味とが、両国駅を通り過ぎる頃から、私に纏わりつくのであった。それは、森鷗外の訳したシュニッツレルの「みれん」、あの小説に似た哀傷を伴うのであった。

その朝、私達はまだ暗いうちから起きて、旅の支度をした。或るアパートに止宿していた頃で、二つの窓には、臙脂色と、黄と白の縞になったカアテンを懸け、その小ぢんまりした部屋の中で、言わばおままごとのような生活を、私達は営んでいた。食事を終えると、私の支度は簡単に出来上ったが、妻の支度はなかなか出来なかった。いつまでも鏡台の前に坐って、パフを使い、眉を描き、口紅を塗って、立つすべを知らないのであった。私は心が急いて、じりじりして来た。旅立つ前の亢奮からであった。それに、その時私はからだも神経も弱っていた。私は過労のため扁桃腺の高熱を発し、数日寝就いていて、やっと回復したばかりの時だった。その弱りも、私の気持を焦ら立たせるのであった。

「早くしないと、汽車に乗り遅れるぞ。」私はムッとした顔で言った。

「まだ時間は十分あるじゃないの、そんなに急かせなくても、いいじゃないの。」妻は相変らず、鏡を見て、頰を叩き、唇を塗りつづけた。

「そんなにグズグズするなら、もう旅行なんかやめるぞ。」

「そんなに言わないで、もう少し待って頂戴よ。直ぐ済ませますから。」

「いつまで経ったって、済まないじゃないか。」

「うるさい人ですわねえ。もう少し待って下さったっていいじゃないの。」

ブツクサと妻が立ち上ったところで、私達はアパートの門を出た。妻はいつまでも不服げな顔をして黙っていた。私も張合う気持で、物を言う取っ着き場を失っていた。そんなことも、今から思うと、悔いの種ならざるはないのである。あの時、なぜもっと辛抱強く、もっとやさしく、妻を待ってやらなかったのであろうか。

両国駅に着くと、私達は待合室のベンチに並んで、改札のはじまるのを待った。そこでもまだ、私達は心がほぐれなくて、お互にプスンとした顔をしていた。その時、私の隣に腰かけていた三十年配の男が、暑気あたりのせいか、急にまっ青な顔になって、苦しみはじめた。

「どこか、お悪いんですか。」と私は尋ねた。

「ええ、一寸気分が悪くて。」

「じゃア、仁丹を呑みなさい。」

私はポケットから、携帯した仁丹を取出して、男の掌に載せた。男はグッと嚙み下した。

私は苦しがる男の背をさすってやった。

「旦那、すみませんが、水道はどこにあるでしょうか。一杯水を飲みたいんですが。」

とても一人では行けそうになかったので、私はその男の肩を抱えて、水道栓のそばへ連れて行った。男は両手に水を受けて飲んだ。私はまたその男に附き添って、ベンチに帰って来た。暫くすると、男は大分気分を取戻したようであった。

「旦那、どうも有難うございました。おかげ様で快くなって来ました。」男は何度も礼を言った。

やがて、一部始終を見ていた妻が、私を詰《なじ》るように言った。

「あなたは、よその人には、あんなに親切にして上げるのに、わたしには、どうしてやさしくしてくれないんでしょう。」

「あの人が苦しんでるのが、可哀そうだったからだよ。」

「よその人に親切にして上げるくらいなら、わたしにやさしくして下さいよ。」

「あんたはうちの者だから、我がままが言えたり、出来たりするんだよ。」

「でも、あんまり我がままさせられると、わたし、悲しくなるわ。」

そんないきさつの後、私達は内廻りの房総線に乗込んだのであった。窓の外に、東京湾の穏かな眺めが展けて来る頃になると、私達の気も暢びて、旅の楽しい気持に引き入れられて行った。駅々の構内に、月見草やカンナの花が、暑い陽に項垂《うなだ》れているのも、私達の目に残った。車内の乗客も、爽かな避暑の雰囲気だった。その中には、大学の法学部の刑法の教授の顔も見えていた。私もまだ、大学を出てから三年しか経っていなかった。保田《ほた》というところには、石原純博士が原阿佐緒女史と二人で愛の巣を営んでいる頃であった。そんなことから、保田のあたり一帯には、何んとなく花やいだ空気が感ぜられたものであった。そうして、私達は北条に近づいて行った。あの時は、七月半ば頃の、青く好く晴れた日であった。まだ私も若かったせいで、額ににじむ汗さえも快かったものである。傍らで使う妻の扇の風には、快い香水の匂いがあった。

然るに、今私が出向いて行く房総の空は、晩秋の、暗く重い雲が垂れ籠めていて、千葉の駅で房総西線の列車を待つ頃には、冷たい雨さえ落ちはじめていた。その私はと言えば、五十に近く、妻を失って、むさくるしい恰好をしたやもめ男だった。五井の駅で小湊鉄道の電車を待つ時には、降りしぶく雨のため、ホームに立っていられなくて、陸橋の階段の中に身を避けていねばならなかった。私はボストン・バッグを降ろし、暫くそこにつくねんとしていた。私より一段下のところに、コートに身を包んだ、田舎の奥さん風の人が立っていた。その人は、この地方の事情に通じているらしく思われたので、私は念の為めに、上総中野にあるという鉱泉場のことを確めてみたくなった。飲み屋のおかみの言ったことだけを当てにして来たのが、不安だったのだ。

「あの、失礼ですが、上総中野というところに、鉱泉場があるんでしょうか。」と私はたずねた。

「ええ、ありますけど。養老館でしょうね。それなら、中野の一つ手前のアソウバラというところで降りて行くんです。」

「ああ、そうですか。アソウバラと言いますと、どんな字を書くんでしょう。」

「朝生れる原、と書くんです。」

「ああ、そうですか。どうも有難うございました。」

私は、訊いてみてよかった、と思った。訊いてみて、鉱泉場の所在をはっきり確かめることが出来たし、また、訊いてみなければ、危く上総中野まで乗り過すところであった。それよりも嬉しかったのは、土地の名！　土地は、名に依る。土地の名は、不思議な力を持つ。中野鉱泉では、あまりに散文的である。私は最初から、内心それに不満を持っていた。ところが、朝生原という美しい名を聞くと、途端に、まだ見ぬ鉱泉場に対する私の憧れが、生き生きと刺戟されて来たのである。旅の心が勢い立ち、踊るほどであった。

「朝生原！　朝生原！」と、私は繰り返し心の中で呟いた。

二輌連結の、ガタガタの電車は、混んだ。驚いたのは、嫌やななりをした闇商人が一杯いることであった。こんな風景は、終戦後二三年までのことで、今日ではもう廃っているものとばかり思っていたのに、東京を少し離れてみると、未だそれが生きて残っている。汚い荷物を背負った婆さんや、得態の知れぬ大きな箱の上に坐り込んでいる男などがいるのである。あとで聞いたところによると、この鉄道の沿線は、闇商人の巣だということであった。そんな人たちの人いきれでムンムンした車内に、私は僅に身を置いて、網棚の横棒に摑まっていた。

電車は、枯れ枯れとした田圃の間を走って行った。風物は、どんよりした低い空の下に、雨気を帯びて、晩秋というより、初冬の侘しさだった。水田から舞い立つ白鷺の姿も淋しかった。しかし流石に、櫟や楢などで赤ばんだ小山や林、すっくと伸びた若い銀杏が、まっ黄色に立っている村里などを見ていると、都会で飲み荒れていた私の心も、洗われるようであった。

一時間ばかり走って、電車は鶴舞という駅に停った。折柄、その地の新制高校を退けたらしい生徒達が、どっと押し寄せて来た。いつまでも乗り切れず、ギシギシと押し込む始末に、赤ん坊は泣き、大人は喚く有様であった。駅長をはじめ駅員たちも、手を束《つか》ねて、持て余している風であった。最初入口に近く立っていた私は、いつの間にかまん中ほどに押しやられていた。若い元気な生徒達が、面白半分乗り騒いでいるのに引き替え、私はだんだん苦しくなって来た。連日飲み疲れているのも、いけなかった。胸の動悸が激しく打ち、耳が鳴り、頭がぼうとのぼせて来たのである。私は今にも気が狂って、ぶっ倒れるのではないかと、不安でならなかった。私は脂汗をにじませながら、じっと辛抱していたのだが、いつ止むとも知れぬ喧騒に、もう我慢が出来なくなってしまった。私は次ぎの便にするため、電車の窓から飛び出ようと決心した。

「僕、一寸苦しいから、降ります。そこの窓から降りさせて下さい。」

私は焦って、前の座席の人を押分け、窓から首を出した。丁度、右往左往していた若い駅員が、窓の下を通りかかった。私はその駅員を呼び止めた。

「僕、苦しくて降りますから、一寸肩につかまらせて下さい。」

私は一生懸命だった。恥も外聞もなかった。何事ぞと目を瞠《みは》る人々の視線を浴びながら、私はその駅員の肩に掴まって、窓から飛び降りた。臆病者の私が、死に物狂いの力を出した形だった。誰かが、私のボストン・バッグを取り下ろしてくれた。私はフウフウと息をしながら、駅員室の外の壁に凭れた。顔の色も退いていたようであった。みんな、電車の入口や窓から、顔を出していた。混雑騒ぎの最中に一齣演じた私という男を見るためであった。どうにか始末をつけた電車は、私一人を残して、鈴なりになった乗客をのろのろと運んで行った。飛び降りる時は無我夢中であったが、その時になってみれば、何か恨めしいような気持で、私はその後影を見送った。

「どうかなさったんですか。」と、さっきの駅員が私のそばに来た。

「いや、あんまり混雑するものですからねえ。苦しくなって、飛び出したんです。」私は喧騒に負けたような意識を蔽うために、わざと磊落《らいらく》を装って、笑いながら答えた。

「それは、お気の毒でしたねえ。どこまで、いらっしゃるんでしたか。」

「朝生原まで行くんです。次の電車は、何時頃ですか。」

「十七時半頃になります。二時間半ばかりお待ちにならなくてはなりませんねえ。」

「仕方がない。それまで待ちましょう。」

「この電車は、丁度学校の退け時に当りますし、それに、この一つ前の駅で、電車を一つ切り離すものですから、いつもこう混むんです。次ぎは汽動車ですから、ずっとお楽ですよ。」

そう言われてみて、五井を出る時は二輛であった電車が、一輛になって発車して行ったことに、私は初めて気が附いた。

野なかにポツンとある、淋しい小駅であった。その、人の好い駅員が引っ込むと、私は一人ぽっちだった。待合室には、誰もいなかった。冷い雨は、かなり激しく降り罩《こ》めていた。改札口を通して、ホームの向うには、灰色に暮れなずんだ野づらが、荒涼とひろがっていた。薄暗い電燈の点った、ガランとした待合室の冷いベンチに、私はボストン・バッグを枕に、疲れたからだを暫し横えた。駅員室では、電話をかける声が高かった。聞いていると、鉄道会社の本社へでもかけるものらしかった。電車が混雑して、お客さんが飛び降りる始末だから、何んとかして、電車を切り離さないようにしてもらいたいと進言してるのだった。大分騒がせたな、と私は苦笑した。その電話が切れると、あとは時折、駅員達のひそひそ声が聞えるだけで、駅の構内はひっそりと静まった。さっきの喧騒は、夢のようであった。

私は起き上ると、徐《おもむろ》に弁当を取出した。水筒に詰めて来た酒を、水筒の蓋で、先ず二三杯飲んだ。弁当箱の飯は冷えていた。もう一つ水筒に詰めて来たお茶も冷えていた。何もかも、冷たさが腸《はらわた》に沁みた。私はオーバアの前を何度も搔き合せながら、貧乏ゆすりをしていた。

その時、どこからともなく、一人の男が待合室に現れた。待合室から見通される、鶴舞の町の方から来る路上には、ついぞその男の姿を見かけなかったような気がした。どこか、横っちょの方からひょっくり現れたように思われた。一寸胡散臭い恰好をしている、五十前後の男だった。額に焼けどのような疵痕があって、左の目尻が吊り上っているのも、気になった。汚れた作業着のような服を着て、古びた雨傘を手にしていた。私達は一間ばかり離れたところに坐っていたが、待合室には二人きりだったから、自ずと口を利き合うようになった。

「旦那は、どちらまでいらっしゃるんですか。」と、その男はハッピイに火を点けながら言った。

「朝生原に行くんで、今の電車に乗ってたんですが、あんまり混んで苦しくなったものだから、窓から飛び降りて、次ぎの電車を待ってるところです。」と私は、誰彼となく聞いてもらいたいような口振りで言った。

「そうでしたか。それは、丁度の電車を逃がしましたねえ。次ぎの電車で行けば、暗くなりますよ。わたしは、五井まで帰るんですが。」と彼は言いさして、時刻表に目を遣りながら、「旦那より半時間も余計待たなくちゃ、ならないんです。」

　私も時刻表に目を遣った。あとまだ二時間程が、待ち遠しくてならなかった。そして、その男の待ち遠しさを思った。彼も腕組みをして、からだを固くし、寒そうだった。私は小湊鉄道ののろさに比較して、私の郷里、四国の鉄道ののろさについて話した。こんな、異郷とも言うべき所で出会った男に、遠い自分の郷里のことが話してみたかったのだ。私の話を聞いて、その男は急に眼を輝かして言った。

「失礼ですが、旦那は、四国はどちらですか。」

「僕は土佐です。」

「わたしは伊予ですよ。」

「そうですか。僕は土佐でも西の端で、伊予の南に近い方です。」

「わたしはまた、伊予でも讃岐の境に近いんです。」

私達は、同じ四国というところから、急に打ち解けて来た。お互に、自分の国の話をした。その男の家は、四国何番かの札所の直ぐそばだということだった。同じ四国生れの男が二人、この寒駅に落合って、話を弾ませているのが、私は面白くてならなかった。彼は、五井に宿を取っていて、小湊鉄道を股にかけて、学校から学校へ、文房具の註文を取って歩いているのだと言った。そして、女房子供は、女房の郷里の静岡県においてあるということだった。私は、本を書く人間だと言った。

私は酒の入った水筒を、また鞄の中から取出した。私は自分が一杯飲んで、それからその男に差した。彼は、「いいですよ、いいですよ。」と、律気に断っていたが、私は押しつけるようにして、水筒の蓋を取らせた。

「旦那は、お酒が好きと見えますねえ。」

「好きで、飲み過ぎて困りますよ。」と私は笑った。

彼はゆっくりと口をつけた。如何にも酒好きらしい飲み方で、一口の酒を、いつまでも口中で味ってる風だった。

「わたしもねえ、以前はよく飲んだものでしたが、肝臓を悪くして、済んでのところで命を落しかけたものですから、それからは用心して、この頃では毎晩焼酎を一杯飲むきりです。」

彼はなかなか二口目をつけなかった。

「そうですか。それくらいなら、からだにいいですねえ。」

「それに、お酒を飲み過ぎると、お金が残りませんでねえ。これ一本だって、馬鹿になりませんよ。」と言いながら、彼は指に挟んだ煙草を示して、にやりと笑った。

「そう、煙草も馬鹿になりません。」と私は相槌を打ちながら、やきもきして来た。彼はまたゆっくりと二口目をつけて、水筒の蓋を返してくれる気配が見えないのであった。私は、話は上わの空になった。キュッと飲んで、早く返してくれればいいと、そればかり思いながら、彼の手元を見詰めていた。

「お金というものは、五円十円でも馬鹿にしていては、残りませんねえ。この間の晩も、わたしの宿にお客さんがありましてねえ、お金を持ってる癖に、お金を持ってないって言って、宿賃を値切っていましたよ。それくらいにしなくては、お金というものは残りませんよ。」彼は熱をもって言った。

「それはそうですねえ。」と私は答えながら、ハッと別の世界を覗いたような気がしてならなかった。世には、金を残すことだけを唯一つの生き甲斐として、或はそれを生活の目標として生きている人間達がいる。目の前の男も、その一人である。自分は、少しは金を溜めなくてはならぬと思ったことはあるが、金を残そうと肝胆を砕いたことはなかった。私は我が身に引き較べ、そういう世界もあったのかと、眼が開いた思いだった。漸く水筒の蓋が返って来たところで、私はもう一杯飲みながら、話を継いだ。

「時に、話は違うけれど、朝生原のあたりでは、宿賃、いくらくらいでしょうかねえ。」

私の懐ろは十分とは言えなかった。

「お米、向う持ちで三百円くらいのものでしょう。このあたりでは、お米なんか持って行くと、笑われますよ。」

「ああ、そうですか。」私は米の用意をしていた。

「それも、お金を少ししか持ってないって値切れば、二百円くらいにしてくれますよ。御馳走なんて、どうでもいいですからねえ。そうして、お金というものは、出来るだけ残さねばなりませんよ。お正月が来れば、それで女房や子供に温ったかいものを着せ、お餅の一つも食べさせてやらねばなりませんからねえ。」

私は、この庶民意識に、一種の感動を覚えないわけにゆかなかった。正月が来れば、妻子に温い物を着せ、御馳走を食べさせたいと思いながら、彼は妻子からも遠く離れ、侘しい木賃宿住いに満足して、骨身を削っているらしいのである。また、遠く離れた空で、彼だけを頼りにしている彼の妻子のことも思い浮んだ。私はと言えば、家族のことは念頭に薄く、金さえ入れば、自分勝手に浪費することばかり考えているのである。私はこの男の庶民意識を、我々のように思い上った人間にはない尊さだと思わぬわけにゆかなかった。私は最初、金を残すことだけに憂き身を窶《やつ》しているこの男に、軽侮の思いで接していたが、家族のために奔命している彼を知ると、彼もまた円光を背負った人間として、私の目に映って来るのだった。

いつか暗くなって、待合室には、乗車を待つ人々が、かなり集っていた。切符売場の戸が揚ると、私は急いで切符を買った。改札がもう始まっていたので、私は鞄を取上げると、直ぐ人混みの中に交った。ふと私は、かの男に別れの挨拶をしてなかったことに気が附いた。私は振り返って言った。

「じゃア、御機嫌よろしゅう。」

「御無事で行ってらっしゃいませ。」と彼も会釈した。

汽動車は、煙を吐いてやって来た。機関車のあとに貨車がつづき、最後部に、二輛の客車が繋がれていた。車内は濛々としていた。ひどく混むというほどではないが、座席は空いてなかった。私は車室の中程に行って立った。周りの男女が、悉《ことごと》くと言っていいくらい、小学校の先生達であることが判った。読んでる本が、子供の読み物や参考書の類い、話もまた学校の内輪話や教員仲間の噂ばかりなのであった。先生達の通勤車としていつもこの車が利用されるのかと思っていると、教員大会の帰りであるらしい話しぶりであった。私は、二停車場ばかり行ったところで、腰をかけることが出来た。その時、入口の座席に坐った人を見ると、五井の駅で、朝生原を教えてくれた婦人だった。どこかで用足しにでも下車していて、また乗り継いだのではないかと思われた。時々目が会いそうになると、その人も目を逸らせ、私も目を逸らせた。生半可な知合いということが、お互にこだわらせるのであった。

汽動車が進むにつれて、教員達は次ぎ次ぎに、挨拶を交して降りて行った。その都度、乗客はだんだん疎になって、残った教員達は、めいめい友の側に寄り合い、或いは寛濶な座席を狙って移動した。既に私も一人で座席を占領していたが、私の前の座席では、口髭を生やした、年配の校長風の人と、ずんぐり円い、大きな体格の人とが、最近左遷されたらしい教員仲間のスキャンダルに話し興じていた。その話の跡切れたところで、私はまん前の校長風の人に訊いてみた。

「失礼ですが、養老館という鉱泉宿は、朝生原の駅から大分遠いでしょうか。」

「歩いて、二三十分かかるでしょう。」一寸取っ着きにくい答え方だった。

「こんな夜になって、一人で歩いて行かれるでしょうか。谷や何んかへ、落っこちる心配はないでしょうか。」私は笑いながら尋ねた。

「わたし達も、その方へ帰るんです。」

「そうですか。それなら、途中までで結構ですから、どうかお伴をさせて下さい。」

「御案内しましょう。」

私は「これで安心」と言った気持になると同時に、窓枠に倚《よ》っかかった。汽動車は闇の中を、高原地帯に登っているようだった。心なしか、随分高く登って行く感じだった。寒さも加わって行くようだった。ガラス戸の外に目を凝らすと、谷に沿って進むかと思うと、遠い山波を見はるかしながら進むようであった。山波と空とは、僅に濃淡を劃《かく》しているだけで、黒一色だった。その黒一色の中に、時折燈火が燦《きらめ》いた。この夜の闇は、私の旅愁を掻き立てた。

朝生原の駅に着いた。私を案内してくれる先生は、改札口を出ないで、柵越しに近道をしようとした。すると、連れの女先生が、何かを借りて行きましょうよと言った。何んであるか、私には判らなかった。その言葉で、先生は思い返して、私達は改札口を出て、駅前の通りを曲って行った。「柏屋」と書いた障子が半分見える旅籠へ、女先生が入って行った。そして、提灯を提げて出て来た。ああ、提灯を借りて行こうと言ったんだなと、私は初めて合点した。

　一行は、私を加えて六人だった。校長風の人と、ずんぐり円い大きな人と、女先生が二人、少年が一人、私の先に塊まって行く後から、私は従いて行った。女先生の一人は、校長風の人の娘らしく、まだ女学生上りのように見え、ズックの靴をはいていて、この人が提灯を持たされて歩いた。少年は、これも校長風の人の息子らしく、朝生原の駅まで、父と姉の帰りを迎えに来ていたものと思われた。私達は、まっ直ぐ延びた線路伝いに暫く歩いて、真向いに、青い標識燈の光を受けるところまで来ると、線路を捨てて、右に折れた。雨は止んでいたが、夜の闇は濃く、道は湿っていた。両側が谷らしいところや、立ち木の黒い影の突っ立ったところや、切通しなどを通って行った。案内を知らぬ道は、提灯を頼りにしていても心許ないほどだったから、一人で、盲滅法に歩いたのでは、どんなところに足を踏み外していたか、知れたものではなかった。一人歩きは、とても思い寄らぬ道であった。私は怖じ気を振るいながら、この道連れが有難くてならなかった。しかし、誰一人、私に話しかける者も、私に問いかけるものもなかった。みんなは、お互に学校の話ばかりであった。悪く言えば、私は置いてけぼりにされて、勝手について行ってる恰好であった。この上甘えてはすまなかったが、私は旅空の独りぽっちを犇々《ひしひし》と感じながら、何か温い言葉一つ、それを欲するような淋しい気持を抱いて、一人、黙って歩いた。

右手に、藁葺きの家が二三軒並んだところに来ると、傘と弁当箱を小脇にした、ずんぐりと大きな体格をした先生は別れて行った。それからまた切り通しを抜けると、深山のような降り坂になった。向うから、灯を点して、自転車を押し上げて来る人がある。摺れちがう時、「今晩は。」と言葉を交して行った。それ以外には、道中誰にも会わなかった。提灯の明りに照らされた小さな光圏だけが視野で、周囲の光景はまるで判明しなかった。ところで、その翌々日の午後、私は帰京の途に就くべく、鞄を提げて、この坂路を登って来た。意外な光景が、そこにはあった。晩秋の仄曇りの光の遍満した山野は、目に見ゆる限り、楢や櫟と思われる紅葉で茶褐色に彩られていた。片側は山岸、片側は、足下に奥深くひろがった谷懐《ふとこ》ろと言ったあんばいで、それこそ、一歩を過れば、ズサズサと転げ落ちる高い崖であった。その谷懐ろには、山鼻が幾つも半島のように突き出て、幾重にも重なり、大陸的とも言うべき雄大な景観が眺められた。坂の中途では、肥桶を道ばたに置いて、一人の小母さんの人が、息を使いながら、腰を休めていた。

やがて、在所に来た。往還に灯が流れた中を歩いて行った。精米機の音が聞える精米所や、大きな白壁作りの建物の側を通り過ぎて行った。案内の先生は、皆に別れ、なお先の方へ私を伴って行った。ぶっきら棒だが、実のある人だと思われた。暗い谷かげに来ると、提灯を点した人が、二人やって来た。濡れ手拭をぶら下げているところを見ると、湯の帰りらしく、鉱泉宿の近きを思わせた。と、間もなく、往還の右下タ手に、夜目だけに宏壮に見える建物が現れて来た。いよいよやって来たなと思った。

「ここが、養老館です。」と先生が言った。

「ああ、そうですか。どうも有難うございました。お世話様でした。」

私は丁寧にお礼を言って、だらだらと坂を降って、宿の玄関に入った。私の訪う声に、直ぐそこの帳場の障子があいて、金ボタンの制服を着た若い学生が現れた。

「お部屋は空いていないでしょうか。一寸物を書くんで、静な部屋をお願いしたいんですが。」

「あなたは、小説家でしょう。」と、学生はいきなり言った。

「どうして判るんですか。」と私は薄笑いしながら、聞き返した。

「恰好で判ります。」

「まア、小説家です。」と、私はあっさり答えたが、自分の身許が判ってもらえると、知らぬ他国で硬張《こわば》っていた感情が、急にほぐれるような気安さを覚えた。二晩この旅館に滞在していて、私があまり心細さを感ぜずに済んだのも、最初のこれがよかったのだった。

私は、二階の一番奥まった四畳半に通された。私はガラス戸を開けて、一心に宿のうしろを覗いてみたが、木の茂った峯が、黒い影になって聳えているということが判るほかは、何一つ目に入るものはなかった。まっ暗な闇だけだった。

「どうぞ、お湯にお入りになって下さい。」

大分年増の、膚の荒れた女中が、火鉢に火を運んで来て言った。女中は降りて行ったが、上って来なかった。私は浴衣と丹前を待っていた。しかし、それを運んで来る気配がないので、私は止むなく、洋服のままで、浴室へ降りて行った。私の滞在中、浴衣と丹前は遂に出なかった。浴槽は二つあったが、手前のは、村の人たちの入るのだということで、私は奥の方のに行った。女の人が一人、沈んでいた。私は構わずに、だだっ広い板の間に衣服を脱いだ。

「いいお湯ですねえ。」

私はかけ湯をしながら、女の人に言った。「えへへエ」という工合に、女の人はあいまいな返事をしたが、私が沈むと直ぐ、上って行った。悪かったかなと、私は自分の不躾けを悔いながら、ふと、夏の初めに、小田原急行沿線の或る鉱泉場へ行った時のことを思い出した。その時は、これと反対であった。私が浴室に入ると、一人の進駐軍人が顔を当っていた。私が二度目に漬かっていると、どこか商家のおかみさんらしい品の好い人が入って来た。一緒に漬かっていたが、私が上ろうとすると、「あなた、もうお上りになりますの。」と慌てるのだ。「ええ。」と答えると、「もう少しいて下さいませんの。わたし、あの西洋人が怖いんですのよ。」と、横目で西洋人を見ながら言う。「じゃア、ゆっくりお漬かりなさい。待ってて上げますから。」と、私は洗い場に上って待ち合せながら、もう垢の出なくなったからだを、所在なくこすっていたものだった。

ぬるぬるしていたが、きれいな湯だった。濁りは殆ど見えなかった。このあたりには、天然ガスが豊富に湧出しているので、この湯も、その天然ガスで沸かすのだということだった。台所にも、その天然ガスの青い火が燃えている。各部屋にはガス燈の設備がしてある。停電の時点すのだそうである。いっそのこと、いつもガス燈を点せばいいのにと、私は残念でならなかった。山間の湯宿の趣が、百倍するにちがいないと思われるのだった。

私は湯から上ると、お銚子を一本取って、夕食をすませた。それまではよかったが、机代りにした茶餉台《ちゃぶだい》に向うと、急に気が重くなって来た。それでも、直ぐにペンが下ろされればいいのだが、テエマは二つ三つありながら、どれを書いていいか、肚が決まらないのであった。ペンの下ろしようがないのである。心は焦るが、どうしようもない気持であった。

そこへ、また悪いことには、前からの止宿人らしい若い男が二人、表の部屋に帰って来た。彼等は、もう一人の女中を相手に卑猥な話をしながら夕食を終えると、算盤を弾きはじめた。その話しぶりによると、郵便局員か税務署員らしい様子であった。算盤玉の音は、静なあたりに堅く響いて、嫌やに私の頭を刺戟するのである。その実用的な音は、創作的感興などとは、凡そ反対物である。私は焦ら焦らして来た。焦ら焦らすればするほど、その算盤玉の音は、私を圧迫する。嘗て、都内の或る旅館で仕事をしていた時、夜更けに隣室に来た若い男女が、ひそひそと囁き合うのを聞き、心が掻きみだされて仕事の出来なかったことを思い出し、それよりはましだと思ってみても、手の施しようがないのであった。想を纏めることなど、思いも寄らぬのである。私は諦めて、ペンを投じた。

蒲団は、前以て運んでもらってあったので、私は自分でそれを敷くと、寝巻もなしで、直ぐもぐり込んだ。仕事が気にならないことはなかったが、もう明日まで諦めていたので、私は静に旅心地を味《あじわ》おうとした。二十年ぶりに房総の旅に出て来て、道中も、旅館に着いてからも、頭に附き纏って離れなかったのは、やはり、妻と一緒に試みた房総半島一周の旅のことであった。私は鞄の中から、かの夏の「房総名勝案内」を取出した。当てもなく、ペエジをパラパラとめくるだけでよかった。そうしていると、ペエジとペエジの間に発見された、あの時の押し花が生気を吹き返すように、今は詮ない思い出が、沸々と湧き起って来るのだった。

私達は北条で下車すると、バスケットを、一時預けにした。妻は小さな洋品店に入って、海水帽を買った。それから少し歩いて、鏡ケ浦へ行った。遠浅の海浜は、海水浴で賑わっていた。沖には、鷹ノ島、沖ノ島の二つが、並んでいた。私達は、葭簀囲いの掛茶屋に入った。妻は、ひとが泳いでいるのを見ると、自分も泳いでみたくなったらしかった。

「わたし、泳ごうか知ら。」

「よせよ。」私は、自分の妻が人前で泳ぐのが、面映ゆいような感じだった。

「でも、折角房州に来て、海水浴をしなくちゃ、来た甲斐がないわ。海水着を取って来て、泳ぐわ。」

言い出したら聞かぬ妻は、私の制止するのも構わず、駅に引っ返して、バスケットを取って来た。その中に、海水着も用意しているのだった。妻は直ぐ身支度を整えた。

「あなたは、どう？　泳がないの。」

「僕は嫌やだ。」

妻は、京都で女学生時代を過し、疏水で寒中水泳をしたこともあるというだけあって、正式な泳ぎが出来るのだった。私はと言えば、子供の時田舎で、好い加減な泳ぎをしただけであった。それでもかなり泳げるのであったが、高等学校時代に脚気をしたことがあり、しかも一緒に泳いでいた友人が脚気衝心で溺死したことなどあって、それ以来恐れをなして、水には近づかないことにしているのだった。それに加えて、扁桃腺炎の病み上りである。そんなぐたりとしたからだで、泳げるはずはなかった。それでなくても、私はあまり活潑なことが好きな質ではなかった。それに反して妻は活潑な質で、活潑な質にふさわしく、背も高く、良い体格をしていた。妻と並んでは、男とは言い条、私の体格は貧相なのであった。私は泳ぐとなると、あらゆる点で、妻に引け目を感じねばならなかった。私は妻と一緒では、泳ぐ気はしなかったのである。

　妻は止むなく、一人で浜へ出て行った。みんなは、渚近くに群れて騒いでいたが、妻は唯一人沖に向って泳いで行った。男のような蛙泳ぎだった。沖には、飛込台が立っていた。妻は泳ぎ着くと、飛込台に昇って行った。飛込台の天っぺんに立つと、足先を揃え、両手を伸ばし、真っ逆様に跳び込んだ。自分の妻ながら、鮮かだった。

「あの女の人、上手だねえ。」と、私の横にいた人たちが、目を瞠って言った。

　普通なら、自分の妻が讃められて、私は得意になるべきところであったのに、私は少しも嬉しくなかった。私は、自分が妻に負けたような気がしてならなかったのだ。よそ目にも、女房に比べ、亭主の方が情なく映るのではないかと思われると、私は消え入りたいほどの気持であった。妻は三度も四度も、飛込台に昇っては、それを繰り返した。今や衆目を集めている感じだった。浅黒い長身が、黒の海水着に包まれて伸びきり、コポッ、コポッと海中に逆落しに落ち込むのは、なんだか鰹節が無造作に投げ込まれている感じだった。私は鬱々とした気持で、それを眺めていた。飛び込みに飽きると、妻は暫く沖の方を游泳して、陸にあがって来た。

「一人で泳いだって、詰まらないわ。」妻は本当に詰まらなかったように、不服そうな顔をしてみせた。

私達は北条を後に、乗合自動車に乗って、白浜に向った。白浜が近づく頃は、もう暮れていた。野島ヶ崎の廻転燈台の灯が、車窓にさっと射し込むかと思うと、くるりと廻り、またさっと射し込んで来たりした。白浜の岩目館という旅館に入ってからも、野島ヶ崎の廻転燈台の灯は、その光芒でもって、私たちの二階の部屋を、さっと掃くように照らし、くるっと廻っては、また掃いて行った。

妻が風呂に行ってる間に、女中がお膳を運んで来て、「随分体格の好い奥さんでいらっしゃいますわねえ。スポーツマンですの。」と言ったことを私は覚えている。妻は竪縞の着物を着ていたので、殊に大きく見えたのだった。その晩、鮑の刺身がとてもおいしかった。

翌る日は蒸し暑かった。塩気を含んだじめじめした空気は、病み上りの私には、重苦しくてならなかった。妻は部屋の中で寝転んでいた。私は宿を出て、海岸へ行った。白く聳えた燈台を背景にして、青草の上では、放牧された牛が遊んでいた。私はどこかで泳ぎたいと思った。しかし一面の岩礁で、泳ぎ場はどこにも見当らなかった。それでも私は浴衣を脱いで、岩礁と岩礁の間に身を浸して、ポシャポシャとやった。前の日、妻の泳ぎを見て、負けたように感じた気持が蟠《わだかま》っていて、私は妻に隠れて、一人ひそかに泳ぎを試みてみたのであった。と言っても、ただ岩に掴まって脚を波の中で動かしただけであった。それは、子供の時に見た、いざりの泳ぎにそっくりであった。岩礁のずっと突端の方では、海女が二三人、甲羅を干していた。

「あなた、こんなところにいたって、泳げないし、詰まらないじゃないの。どこかよそへ行きましょうよ。」妻は私が帰って来たのを見ると、退屈しきって、身を持て余してる風で言った。

「よそへ行って、また宿を取るの、面倒臭いや。もう一晩、ここにいて、明日は小湊へ行こう。」私は案内記を見て、日蓮の生れたという小湊の誕生寺を頭に描いてるのだった。

「あなたは、こんなとこでコソコソ泳ぐくらいなら、どうして、ちゃんとした海水浴場で、わたしと一緒に泳がないの。」妻は、彼女の不服を、ここまで持って来ていた。

「どうも、人前で、あんたと一緒に泳ぐのは、気が引けるんでねえ。」

「あなたは、いつもそれだから、嫌やなのよ。わたしと一緒に泳ぐのに、どうして気が引けるの。あなたが、わたしをリードして下さればいいじゃないの。」

「どうも、自分の女房と一緒に泳ぐのは、恥しいんでねえ。」

リード出来るくらいなら、一緒に泳ぐのだがと思ったが、私はそれは打ち明けなかった。妻もそれは気取らない風だった。寧ろ、見当外れに絡んで来るのだった。

「わたしと一緒に泳ぐの、どうして恥かしいの。わたしの家から、あなたの家へ結婚を申込んだので、あなたはいつも、わたしを見縊《みくび》っているんじゃない？」

「そんなことはないさ。いくら結婚を申込まれたって、嫌いな者は、貰うはずがないじゃないか。」と私は打ち消した。

「いつか、あなたの高等学校時代のお友達が訪ねていらっしゃった時だって、あなたは、わたしを自分の女房だって、紹介して下さらなかったじゃないの。」

「紹介しなくったって、見れば判ると思ったから、紹介しなかったまでさ。」

「わたし、あの時、口惜しかったわ。」妻は涙ぐんでいた。

夕食を待つ間が永く、陽の光が弱ったところで、私たちはまた海岸へ散歩に出た。妻は、牛が青草を食っているのを見ると、今のことなど忘れたように燥《はしゃ》いで、自分でも草をむしって、牛の口へ持って行ったりした。私達は、燈台官舎へ行って、燈台を見せてもらった。要塞地帯が喧《やかま》しい時代だったので、参観人名簿に二人の名を署名して、私たちは螺旋状の階段を昇って行った。日本でも最も古い燈台の一つだそうであった。燈光を狙って飛びかかって来た海鳥のために、レンズは幾ヶ所も破損していた。

夜は、丁度お盆だったので、燈台の近くの草原で、盆踊が催された。私たちは太鼓の音に誘われて、また見に出かけた。沖にもやっている小さな船で、灯が光っていた。私たちが並んで行くと、通りすがりの漁師の若い娘たちが冷かしたりした。妻は照れた顔をした。踊りを見ての帰りに、私たちは岩蔭で抱擁した。しかし、沖にもやった船の灯が目に映ると、そこから望見されているような気がして、私は臆病に直ぐ妻を放した。妻には、それが不満だったにちがいない。それからの帰りに、私が手を繋ごうとすると、妻はその手を避けて、先に歩いた。燈台の光に、一瞬青白く映し出される顔を見ると、物足りなさそうな、淋しい表情だった。

翌る朝、私たちはバスの停留場まで宿の女中に送られ、それから外房に出て、小湊の駅で下車した。駅から誕生寺までは、タクシーの便があった。賃金は大したことではなかったから、それを利用すればよかったのだが、私はつい吝《け》ちな心を起して、歩きはじめた。真昼の炎天に照らされ、タクシーの上げる白い埃を浴びながら歩いていると、かなりの道のりであった。入江のなりに彎曲した町筋を歩いて行った。重いバスケットを提げた妻は、暑さに喘《あえ》いで、如何にも苦しそうだった。私はそれに同情しながらも、誕生寺目指して、強行をつづけた。妻は暑さに喘ぐ上に、誕生寺なんてどうでもいいので、浮かぬ顔だった。私は古風な人間で、名所旧蹟趣味があって、是が非でも誕生寺へ行きたいのであったが、私より一時代新しい教育を受けた妻には、そんな趣味は、毛ほどもないのであった。強いて反対はしなかったが、私に対するお附合いだけで行ってるのだった。しかし到頭、妻は音をあげた。

「わたし、こんな重い荷物を持っては、もうとても歩けないわ。」

「そうか。」

私たちは立ち停った。

「わたし、帰りには、どうせ泳ぐつもりだから、これを茶店に預けて来るわ。」

「じゃア、それがよかろう。」

妻は往還から降りて、浜伝いに、掛茶屋を目当てに歩いて行った。私は路傍に立って、待っていた。濃藍の海中に、赤い旗を立てた飛込台がポツンと立っているきりで、泳いでいる人は一人も見えなかった。浜には、妻の姿だけだった。妻は日傘をかざし、重いバスケットにからだを傾けながら、チカチカと陽を射返す深い砂の上を、のろのろと、一足一足歩いて行った。如何にも萎えきった後姿だった。朝結んだばかりの帯も、だらりと弛んで見えた。私は妻の姿が哀れでならなかった。と同時に、一種残酷な気持を味いながら、それを見ていたことも、白状せずにはいられない。それでも、妻はやっと茶店に辿り着いた。それを見ると、私はホッとした。

　牡蠣船などのある門前町を通って、私たちは誕生寺に参拝した。写真屋がそばに寄って来た。私たちは記念写真を撮ることになった。私と写真屋とが、あすこでもない、ここでもないと場所を物色していると、妻は業を煮やしたように、「どこでもいいじゃないの。早く撮りましょうよ。」と急き立てた。私達は、本堂の裏手に廻って、そこで写真を撮った。その写真は、今も残っている。私は、霜降の洋服を着て、白いパナマ帽を冠り、アッシュのステッキを突いて、少し反り身になって、大きな鋲のある裏扉の前に立っている。妻は、擬宝珠《ぎぼし》のある欄干に添って、私の前の階段に腰を下ろしている。日傘を手に持ち、一寸放心したような顔で、着物の裾は、しどけなく開いている。私は二十八歳、妻は二十一歳であった。

　誕生寺を出ると、私たちは浜へ行った。今度は、私がお附合いをせねばならぬ番であった。妻はすっかり諦めていて、もう私を誘おうとはしなかった。支度が出来ると、一人でさっさと海へ入って行った。私は茶店で待っていた。茶店の小母さんは、なぜ泳がないのかと不審がった。妻はまた蛙泳ぎで、飛込台に泳ぎ着いた。海も空も、まっ青で、空には陽が燃えていた。妻はまた、両足を揃え、両手を伸ばして、鰹節のように海に飛び込んだ。誰も、ほかに泳ぐものはいない。妻、一人だった。妻は一人で、それを何度も繰り返した。私はその姿を見ていると、妻の孤独を見ているような気がしてならなかった。夫はあれども無きが如く、誰を相手にせんようもなく、一人で自分の孤独と戯れている姿が映って来るのであった。私は妻の相手になってやれぬ、またやろうとせぬ我が身の腑甲斐なさに、心が沈んでならなかった。

　そんなことを思い出しながら、私は汽車の「時刻表」に取り替えて、帰りは、上総中野から外房に出て、大原の海を見て行こうかな、と考えたりした。私と妻とは、小湊を引き上げると、一路両国に帰って来たのであるが、汽車が大原を過ぎる時、妻は車窓に乗出した。妻が幼かった時分、妻の一家は東京に住んでいて、一夏を大原で過したことがあるというのであった。海は、駅から遠くて見えなかった。その時、汽車便で送り出した荷物がなかなか届かなくて、大変困ったということであった。三十年も昔、まだ豊島師範の附属小学校の生徒であった妻の見た海を、私も一度見たいような気がするのであった。

　私は寝床が変ると眠れない質なので、アドルムを二錠飲んでいたが、一時二時になっても、まだ眠れなかった。隣室の青年達も、仕事を終えると風呂へ降りて行ったようであったが、いつか寝静まり、矢鱈に便所へ起きて行く私の足音だけが、ガランとした旅館の廊下に、ミシミシとひびくのであった。私は寝ながら、ふと窓のガラス戸が少し明るんでいるのに気が附いた。首を伸ばしてみると、天候は微妙に動いて、雲が薄れ、ポツリと星の影も見え、裏山の峯の姿も、やや浮き出ていた。

目覚めたのは、八時頃であった。空っ風が、戸障子をガタガタと揺がせていた。青く冴えた空を、冷い光を持った薄茶褐色の雲が動いていた。私は飛び起きて、ガラス戸を開けた。一夜を境に、世界はガラリと趣を異にしていた。謎を解かれたように、すべては明らさまであった。裏山の峰は、松山であった。その向うにたたなわった峰は、白っけた断崖のてっぺんを、赤く燃えた紅葉に縁取られていた。宿の脇を通ずる小径《こみち》の傍に竹藪があって、その竹藪の中に、一と葉もつけていない裸の柿の木が立っていて、まっ赤な柿の実を光らせていた。ギャオ、ギャオという水禽らしい鳴き声が、藪の先で聞えた。水鷺という鳥だということであった。

湯に入って、朝食をすませたが、私の想は纏まらなかった。私は廊下伝いに、宿の前面へ出て行った。女中たちが湯文字を出して、廊下を拭いていた。玄関の真上が、黒いペンキを塗ったトタンを敷いたベランダになっていた。陽当りがよくて、蒲団が乾してあった。私はそこの陽溜りに、ゴロリと横になった。破風の勾配に凭っかかる工合で、寝心地がよいのだった。風蔭にもなっているし、陽は温く温くとした。宿の真ん前には、道路を隔てて、ここにも、例の柔い粘土質の白っけた断崖が、屏風のように切り立っていて、てっぺんにだけ、色づいた樹木をまつわらせていた。その路の縁には、若木の楓が、今を盛りの紅葉で、朝の光がそこに透き通っていた。自転車で道路を行く人や、トラックを走らせて来る人たちが、怪訝そうに、私の寝そべっているのを眺めて行った。そこへ、昨夜の学生がやって来た。彼も趺坐《あぐら》をかいた。

「どんな雑誌に、小説をお書きなんですか。」と学生は尋ねた。

「色んな雑誌に書いています。」と私は照れて、「あなたは、どこの学校ですか。」

「西荻窪の或る学校です。東京で生活が荒れて、神経衰弱みたようになったものですからねえ、この村の親戚を頼って来て、この宿で静養してるんです。」

「そうですか。僕も仕事は仕事だが、東京で飲んでばかりいたから、一つ心機一転のつもりで、ここへ来てみたんですよ。」

「暫くここにいると、東京の不健康な生活が嫌やになりますよ。今日もおひるからは、養老川を渡って、畑の仕事に行くんです。」

　そんなことを話していると、係りの女中が私を探して、おひるを知らせに来た。おひるを済ませると、私は宿の下駄を突っかけて、養老川を見に行った。宿の脇の小径を伝って、小さな流れを越すと、竹藪の直ぐ先が、養老川であった。かなり広い川幅であったが、水は浅く、向うの断崖の方に片寄って流れていた。私の部屋から見えたその断崖は、下から見上げると、高くて目がくるめきそうであった。時々パラパラと、小石か土くれのようなものが落ちて来て、崖の附け根の淵に水音を立てた。上流の方を望むと、同じような断崖が列んでいて、それを紅葉がかがっていた。河原の小石も、脆弱な質で、総て白く晒された色をしていた。私は、円い、形の好いのを一つ拾うと、それをポケットに入れた。記念にするつもりだった。

私は踵を返すと、宿の前の往還を、上へ上へと、当てもなく歩いて行った。どこを見ても紅葉だった。裸坊主の柿の木に、柿の実が赤く円《つぶ》らなのが一ぱいで、私の目を楽しませた。人家が尽きると、迂曲した坂路だった。学校の生徒達が帰って来る。学校はまだ遠いのかと尋ねると、村訛りで、まだ大分遠いと言った。なんだか嘲笑してるような訛りだった。

往還から山坂登りになっている小路を見附けると、私はふと気が変って、その小路を登ってみたくなった。小路は落葉に被われていた。足元を見ながら、私が六七歩も登ったと思う時分、突然私に声をかけた者がある。私はドキッと驚いて、立ち停った。向うも、怪しみ驚いている風であった。無精髭が口の周りに延び、古びた仕事服を着た男だった。

「あなたは、どちらへいらっしゃるんですか。」とその男は尋ねた。

「一寸、この路を登ってみたくなったものですから。」

「わたしはまた、わたしの家を訪ねていらっしゃるのかと思いまして。」

「あなたの家は、この上ですか。」と私はまた驚いた。人の棲めそうなところではないのだ。

「戦争中疎開して来て、この奥に住んでるんです。子供がトラックの運転手をしていましてねえ、今日は弁当を持って行かなかったものですから、弁当を渡そうと思って、ここで、こうして、通りかかるのを待ってるんです。」そう言えば、息子の乗ったトラックの通りかかるのを、見張っていた風情である。手には、新聞包みを持っていた。

「ああ、そうですか。僕は、そこの養老館に泊ってる者で、決して怪しい者ではありませんから。」

私はそう言い残して、自分の路をつづけた。棒の先につけた郵便受けの函が、直ぐそこに立ててあった。なお少し登ると、林のずっと向うに、仮小屋のような家が見えた。こんなところに住んでるのかと、私は一寸侘しい気持になりながら、引き返した。

「どうも、大変失礼しました。」

男はいつまでもそこに立っていた。私は山径を降って、もとの往還を遡って行った。向うから、黒襟をかけたいきな女が、若い男と連れ立って来る。こんな田舎では珍らしいことだと思っていると、宿の、もう一人の女中と、畑仕事に行ったはずの、あの学生だった。

「お散歩ですか。」学生が声をかけて行った。

ガードがあれば、あのガードまで、部落が見えれば、あの部落まで、切り通しが来れば、あの切り通しまでと思いながら、私は、どこへ通じているのかも知らぬ往還を、いつ果てるともなく、先へ先へと歩きつづけて行った。宿で待っている気の重い仕事から、少しでも遠ざかろうとするかの如くであった。

編者解説

あの若かった妻が——上林暁『鄙の長路』

　上林暁が単身、房総半島に出かけたのは一九四九年（昭和二十四）十一月半ば、四十七歳のときである。養老渓谷にあると聞くひなびた宿で小説を書くのが目的であった。予約はしていない。宿の場所も正確には知らない。しかし当時の食糧事情を考えて、自分用の米だけは持参した。

　阿佐ヶ谷駅から御茶ノ水へ、そこから総武線電車で千葉を経て内房・五井まで行った。雨もよいの寒い日だった。五井で小湊鉄道に乗り換えると、乗客は思いのほか多かった。

　一時間後に着いた鶴舞《つるまい》駅では下校時の新制高校生の群れとかちあい、車内は殺人的な混雑となった。不安神経症の上林暁が堪えかねて、降ろしてください、降ります、と叫んで必死に窓から出ようとしたのを駅員が引っ張り出した。二時間半待って次の列車に乗り、暗くなった頃、鉱泉の最寄り駅に着いた。そこからは、借りた提灯の光を頼りに歩いた。

鉱泉宿の二階、四畳半の部屋の床について、上林曉は持ってきた「房総名勝案内」の冊子をめくった。それは二十年前の一九二九年、妻とともに房総を旅した折にもとめたもので、若くて健康であった当時の妻が思い出されてならなかった。

結婚したのは二八年で、改造社の編集者であった上林曉は二十五歳、妻繁子は十九歳であった。夫婦での房総行きはその翌年の夏である。

東京で生まれ、少女時代に高知に移って、女学生時代を京都で過ごした妻は、長身でスポーツの得意な女性であった。

二人はまず北条（館山）まで行き、そこから白浜へ行った。次の日には、その年の初夏に内房線と外房線がつながったばかりの房総周回線で安房小湊へ行った。白浜でも小湊でも若い妻は用意していた水着で泳いだ。よく伸びた肢体が美しかった。上林曉は泳がなかった。泳ぐ勇気が湧かなかった。

三四年、三十一歳のとき、小説に志のあった上林曉は会社を辞めた。しかし子ども二人を抱えた生活は苦しかった。三六年、荻窪・天沼《あまぬま》に転居し、三七年には三人目の子どもが生まれた。そして三九年、妻は精神を病んだ。

入院は三度におよんだ。この間、上林暁の高知の妹たちが上京して家事を助け、戦争末期には子どもたちを高知に疎開させた。終戦直後に妻を小金井町の聖ヨハネ会桜町病院に転院させた上林暁は、病院に寝泊りしながら看病したが、妻は四六年五月、三十八歳で亡くなった。その経験を彼は『聖ヨハネ病院にて』に書いた。

以来、阿佐ヶ谷界隈で痛飲する日々が続いた上林暁は、何度も禁酒宣言したが、結局酒をやめられなかった。鉱泉場にこもって小説を書こうとしたのは、少しでも酒を遠ざけたい心のあらわれであったが、この房総の旅でも水筒に入れてきた酒を、道中少しずつ飲んだ。

ところで、意外に広い房総半島の東西を結ぶ鉄道は地元の長年の夢であった。内房・五井から外房・安房小湊をめざしたので小湊鉄道と命名された私鉄は、好景気に沸いた大正中期に計画され、二八年に半島中央部の上総中野まで伸びた。

一方、外房・大原から内房・木更津《きさらづ》をめざした夷隅《いすみ》軌道は、国有化されて木原線となったのだが、それは出発地・大原と終着予定地・木更津からの命名であった。

木原線は三四年、こちらも上総中野まで伸びたが、国有の房総半島周回鉄道が完成したため、小湊鉄道と同様、当初の目的地までの延伸をあきらめた。上総中野で両線がつながっても相互乗り入れしないのは、いまも同じである。

地味な小湊鉄道をえがいた、おそらく唯一の小説『鄙の長路』は一九五〇年に書かれた。やはり地味な印象なのに不思議な感動を呼び起こす私小説である。

区間阿房列車（抄）

内田百閒

交趾《こうし》君は一寸意外な顔をした様である。昇りかけた階段に起《た》ち止まった。何が意外かと云うのは私の方によく解っているので、彼は私が早暁午前十時にふらふらと駅の階段まで出て来ていると云うのが不思議なのである。

「お早う」

「おや」

交趾君は階段の一段下から見上げて、私の顔を眺めている。

「お出かけですか」

「そうなんだ」

「どちらへ」

「どちらと云う程の事もないけれどね」

「それでは」

「何、阿房列車だよ」

「ああ、そうですか」

口ではそう云ったけれど、顔は、「なあんだ」と云う面持《おももち》であった。

（中略）

「随分長い、発車ベルだなあ」

「そうですね」と云って、又黒い時計を見た。

「どうしたんだろう、山系君」

「はあ」

そう云ったきりで、ヒマラヤ山はベルの音に感心して、聴き入った様な顔をしている。

「こわれたのか知ら。それで止まらなくなったのじゃないか」

「そうかも知れませんね」

「ベルが鳴り止《や》まなければ、汽車は出られないだろう」

窓の外の夢袋《むたい》さんが云った。「変ですね、見て来ましょうか」

「どこへ」

「そうですね」

ジリジリ、ジリジリと鳴り続けて、いつまで経っても止まない。発車の定刻はとっくに過ぎている。六分間ぐらい鳴り続けた時、歩廊を隔てた向うの九番線に、空っぽの列車が這入って来た。その列車の為に、転轍《てんてつ》の都合か何かでこっちの発車が遅れたのだろう。発車ベルが鳴り止み、それからすぐに発車した。

東京駅で、出る前にヒマラヤ山が買ったお茶の土瓶が二つ、窓枠に並んで乗っている。汽車が走り出しても、余りびりびり震動しない。余程線路がよくなっているのだろう。飲みたくもないけれど飲んで見たが、うまくなかった。新橋に停まり、品川に停まり、その度に人がどやどや乗り込んで来て、起っているのもあり、すっかり三等車らしくなった。

もうそろそろお午《ひる》である。お午になったから何か食べなくてはならぬと云うわけはないけれど、又ふだん私はそんな時間にお膳に坐る様な事もないが、家にいるのでなくて、旅にしあればの旅先ではあり、朝起きてからまだ何も食べていないと云う事を思い出す。それに道連れがある。道連れ山系の腹の中にも思いを馳《は》せて見る要がある。お茶もあるし、そろそろ午飯《ひるめし》にしようかなと思う。

この汽車に食堂車はない。それはもとから解っているので、今度は出掛ける前から外食券を手に入れて来た。横浜で御飯のついた汽車弁当を買って食べようと云う事にヒマラヤ山と話しが纏まった。

窓の外へ売りに来るのを待っていては埒があかないので、横浜に停まるのを待ち兼ねてヒマラヤ山が座席を離れて買いに行った。

随分手間取って、発車間際に戻って来たが、御飯の弁当はなかったそうで、買って来たのは函の表に「代用米」とことわってある支那料理風の焼飯である。無い物は仕方がない。我慢する事にして箸をつけたけれど、甚だうまくない。外米をふやかしたのを油でどうかした様な、丸で飯粒の姿のない代物《しろもの》である。みんなは食べ切れなかったが、食べただけが腹の中に落ちついていない様で後味《あとあじ》が悪い。

横浜を出てからは、保土ケ谷、戸塚を飛ばして、大船まで一走りに走った。同じ線を電車が走る様になって、そう云う小さな駅は電車だけの停車駅になったのである。大船駅を発車して、相模平野の広い空の下を走り出してから、薄曇の雲が次第に低く垂れて来た。窓外の景色が曖昧になった。汽車は好い調子で走り続ける。大磯には停まらなかった。

「大磯に停まりませんね」

「そうらしいね」

ヒマラヤ山系は時刻表を出して見ている。

「大磯の次の二ノ宮にも停まりませんね」

「そうかね」

暫らく間《ま》をおいてから、感心した様な顔をして、「はあ」と云った。

「歎声《たんせい》を洩らして、何を感心しているの」

「いや、何でもないのです。何でもないのですけれど、僕、こないだ湯河原に行く用事がありまして」

「湯河原へ何しに」

「それはですね、湯河原に用事があったのです」

「そうか」

「土曜日だったもんですから、女房のおふくろが二ノ宮にいるのです」

「わからないね」

「いえ、それはもとからいるのですから」

「それで土曜日がどうしたのだ」

「土曜日ですから、それで女房をつれまして」

「女房が土曜日でどうしたのか、貴君《きくん》の話しは全くわからない」

「土曜日は僕の土曜日ですけれど、女房のおふくろが二ノ宮に居るものですから」

「それで」

「それで女房をつれまして、しかし僕は湯河原に用事があるのです」

「じれったいね、それでどうしようと云うのだ」

「だから途中で女房を二ノ宮に降ろして、僕は湯河原へ行くのです」

「それならそれで、いいではないか」

「そのつもりで女房をつれまして、汽車に乗ってそのつもりでいたら、走り続けて二ノ宮に停まらなかったのです」

「よく調べないで、乗るからさ」

「仕方がないから、湯河原まで行ってしまいました」

「女房とかい」

「そうです」

「新婚旅行だな」

「そうじゃありません。僕は湯河原に用事があるのです」

「用事は用事さ」

「そうは行きません。だから僕はその用件の所へ行きました」

「女房はどうした」

「女房はそこいらへ置いときました」

「まあいいさ」

「いいのです、そっちの事は。僕は用件に行きましたけれど」

「何の用なの」

「それがです。有名な画家なのです。僕は初めてお会いしたのですが、その先生が大分疲れて居られた様でして、だまっているのです」
「それでは用が弁じないね」
「少しは口を利かれました」
「要するに、どうなったのだ」
「お茶を引っくり返しましてね」
「だれが」
「その先生がお茶を引っくり返しまして、僕がふいたのです」
「よく解らないね」
「拭く物がなかったので、そこいらの紙で拭いときましたけれど」
「用件はどうなったのだ」
「用事は済みましたけれど、だまっているのです」
「用事が済んだら、さっさと帰ればいいじゃないか」
「その時分から、外が少し暗くなりまして、雨が降り出しました」
「それは困ったな」
「先生はだまっているし、雨は段段ひどくなるし」
「結局どうなったのだ」

「結局なんて、そう云うわけには行きません。その先生がだまって起ち上がって、僕のうしろの押入れから傘を取り出しました」

「番傘か」

「蝙蝠傘です。それをテエブルの上に置きまして、僕にさして行けと云う事なのです。しかしそうすると、後で返しに来なければならないので、考えていましたら、後からもう一人若い人が来まして、そこに起っているのです」

「それはだれだ」

「僕はそこに置いてある傘を返す事ばかり考えていましたから、そこへその人が起っているものですから、僕と一緒に来て、傘を持って帰ってくれるのだろうと思いました。ところがそうではないのです。その人は後から来た別のお客なのです」

「貴君はもういい加減で、おいとましたらいいだろう」

「しかし、雨が降っているものですから、そこのお宅は高台になっているので、向うが見えるのです。そっちの方に雨が降っているのが見えるので」

「兎に角傘を借りて行ったらどうだ」

「はあ」

「ちっとも埒があかない」

「その向うの方に家が列んでいるのです。こっちが高いから、屋根ばかり見えまして、あの辺の温泉宿なのです。そう云う屋根がずうっと列んで居りまして、雨が降って」

「それでどうしたのだ」

「その屋根に雨が降っているのです。沢山屋根が見えますけれど、どの屋根にもみんな雨が降っているので」

「そら、もう国府津《こうづ》だ」

「本当だ」

「乗り換えだよ」

あわててステッキを持って、脱いだ外套を抱えて、山系は赤皮の鞄をさげて、車外に出た。

雨を催した薄暗い空の下に灰色の歩廊が伸びている。どことなく何かの裏を見る様な気持で、国府津の駅には光沢がない。丹那《たんな》隧道《すいどう》が出来る前の、昔の国府津駅は東海道線の大駅であって、その時分の事を覚えているから、そう思うのかも知れない。

歩廊の上に、今著いた汽車から降りた人が散らばっている。帚《ほうき》を持った駅員に、御殿場線の乗り換えは、あれかと山系が尋ねた。山系が指差した線路の向うの歩廊に、五六輛聯結の短かい列車が停まっている。

「乗り換えですか。早く早く、この列車は遅れて著いたけれど、あっちのは、それを待っていないから、すぐ出ますから早く早く」と駅員が云った。

そんな馬鹿な事があるものかと思いながら、むっとして歩き出した。

ヒマラヤ山が気を揉んで、走りましょうかと云うから、いやだと云った。

抱えている外套を持ってやろうと云ったけれど、いいと云って渡さなかった。私を身軽にして、どたどたしているおやじを、少しでも早く連れて行きたいと云うつもりなのは解っているが、接続する列車が、前の遅れた分を無視して発車すると云う法があるものかと考えているので、ヒマラヤ山系の焦躁に同じない。それで山系はあきらめて、私と同じ歩調で歩いている。

しかし、私だって、遅れてもいいつもりで、ふらりふらり行っているわけではない。走り出すのはいやな事だが、出来るだけ足を早めて歩廊を急いだ。歩廊の突き当りに地下道へ這入《はい》る階段がある。降りかけると、後から走って来て、私達を追い越す人もあった。

地下道を通り、向うの歩廊に出る階段を五六段上がった所で、もう一寸でその歩廊に出ると云う所で、頭の上あたりにいた機関車が、ぼうっと云う、汽船の汽笛の様な調子で、発車の汽笛を鳴らした。

「あっ、発車する」と思ったら、階段の途中で一層むっとした。

その音を聞いて、あわてて階段の残りを馳け登るのはいやである。人がまだその歩廊へ行き著かない内に、発車の汽笛を鳴らしたのが気に食わない。勝手に出ろとは思わない。乗り遅れては困るのだが、向うが悪いのだから、こちらに不利であっても、向うの間違った処置に迎合するわけには行き兼ねる。

歩廊に出たら、その列車は動き出している。まだ徐行だが、歩廊の縁をすうと辷《すべ》っている。階段を上がり切った所の前は荷物車だけれどデッキがある。乗れば乗れない事もないが、荷物車に乗らなければならぬ因縁もないし、何よりも動き出している汽車に乗ってはいけない。乗ろうと考えてもいけない。昔からそう云う風に鉄道なり駅なりから、しつけられている。山系は曖昧だったが、私が乗ろうとしないので、あきらめた様である。

動き出しているけれど、余り速くはならない。その時階段を馳け上がって来た男が、私達の後を走り抜けて、中程の車のデッキに飛びついた。自分の事を忘れて、見ていてはらはらした。前部の方では、その男と同時に階段を上がって来たらしい女の人を、助役と駅務掛と二人がかりで、動き出しているデッキに押し上げた。そこへ又一人、上がって来たのか、前からいてうろうろしていたのか知らないが、まだ乗らずにいるのを、その時はもう男だか女だか解らなかったが、助役が荷物車のデッキに押し上げた。

気がついて見ると、機関車から機関士らしいのが半身乗り出して、こっちを見ている。

歩廊の様子を見、助役の相図を待って、徐行を続けているらしい。列車の最後部の歩廊に起っていた駅員がこっちを向き、機関車の近くにいたもう一人の助役がそっちを見て、それから半身乗り出している機関士に相図したら、機関士が身体を引っ込めて、目の前にのろのろしていた列車が急に速く走り出した。

最後部が行ってしまったので、私共の前が豁然《かつぜん》と明かるく広くなった。何となく目がぱちぱちする様な気持である。考えて見ると、面白くない。考えて見なくても面白くないにきまっているのだが、こう云う目に遭うと、後でその事を一応反芻《はんすう》して見た上でないと、自分の不愉快に纏まりがつかない。

「仕方がない」と私が云った。「ベンチにでも掛けようか」

だれもいない歩廊の中程にあるベンチに二人で腰を下ろした。

「前の列車の、もっと前部の車に乗っていたら、間に合ったのですね」とヒマラヤ山が云った。

それはそうだけれど、そんな事で間に合いたくない。だれが間に合ってやるものかと云う気持である。

暫らくだまっていた。股の間に立てたステッキに頤《あご》を乗せて、向うの何でもない所を見つめて考えた。段段に不愉快がはっきりして来る。

「行って、そう云って来ようか」

　ベンチから起ち上がって、歩廊の端に近い所にある駅長事務室へ歩いて行った。一緒に来た山系に向かって、私が云った。

「何か云う事があるなら、今頃になって、少し気が抜けてから云いに行くよりは、さっき汽車が本当に動き出して、歩廊を離れかけた時、あの時はまだ助役が二人共そこに起っていたのだから、そこで、なぜ汽車を出したかと云えばよかったのだけれどね」

　そうすれば、後から駅長事務室へ出頭して文句を云うより、どれだけ適切だったか知れない。それは前からわかっているのだが、しかし私には第一に戦闘的精神が欠如している。腹が立つ時には立つのだが、それを人に向かってぶつけると云う気魄《きはく》に乏しい。次に、そうでありながら、又こんな事も考える。こちらに理があって相手に迫る場合、相手をのっぴきならぬ条件に置いて責めるのは、君子の、或は紳士の為す可き事でない。兎に角自分を優位に置いて考える事の出来る側の為す可き事でない。為すをいさぎよしとせざる所である。だから私はそうしなかったと考える。今の事で云えば、私と山系と二人の乗客を歩廊に残して、汽車が動き出した時、まだその場を立ち去らない二人の助役をつかまえて面《めん》詰《きつ》すれば、こちらの云う事に理のある限り、先方には逃げ道がない。逃げ道をなくしておいて責めては可哀想だと云う優越感がある。同時に、逃げ道がないから歯向かって来たら厄介だと云う警戒心も働く。口論や喧嘩で歯向かわなくても、「そうでしたか、相済みません、一寸お待ち下さい」と助役が云って、機関車に相図し、動き出している汽車を停めて、「さあどうぞお召し下さい」と云う事になれば、「御手数でした」と澄まして乗れるものではない。そんな羽目になったら、理がありながら、こちらの敗北である。

駅長事務室の硝子戸をノックして中に這入った。さっきの助役が二人いる。

「一寸お邪魔します」

「何か御用ですか」

「私共は今の沼津行に乗り遅れたのですが」

「おや、それはどうも」

「さっきの三二九で東京から来たのですが、向うのホームで降りて、こっちへ歩いて来る間に、その接続の列車を出しておしまいになるのは、どう云うのです」

「いや、皆さんが乗られてから、出したのです」

「しかし僕等二人が乗れないでそこに起っている前を、今の列車は行ってしまったのです」

「乗れなかったのですか」

「乗れば乗れたかも知れないけれど、その前に汽車は動いていました。動き出している列車に乗ってはいけないと云う事になっているでしょう」

「御尤《ごもっと》も」

「一体あの列車は、さっきの三二九は、東京を出る時から、六七分遅れているのです。それを無視して、それに接続するこっちの列車を出してしまうと云うのは、随分無茶な話ですね」

「いや、それはそんな事はありません。遅れて這入りましたから、こちらもそれに合わして発車を待ったのです。あちらのホームに、もう乗り換えのお客さんは残っていないと云う駅長の確認を得てから、こちらを発車させたのです」

「あちらには残っていなくても、こっちにまだ乗れない人がいるのを構わず発車させたではありませんか」

「ですから徐行させて、みんなお乗せした筈です」

「動き出している列車に、あなた方がお客を押し込んでいるのを、僕は目撃しました。ああ云う事はいけないと思う」

黙ってしまった。しかし、もう余り云うのはよそうと思う。

「お乗りになれなかったのでしたら、それは相済まん事でした。何しろこの線には列車の数が少いのでして、随分間があきますから、そう云う事がない様に心掛けているのですが。さっきの発車の際にも、我我が前部に起っていまして、後部の相図を受けて、皆さんお乗りになったと思ったから、発車させたのです。真ん中辺りにいられたお二人を、それではつい見落としたのかも知れません」

「もうしかし仕方がありません。次の汽車まで待ちます」

以後気をつけなさい、と云うつもりで、それで話しをよして、部屋を出ようとしたら、

「沼津へいらっしゃるのですか」と尋ねた。

「そうです」

「それでしたら、熱海線からいらっしゃれば、いくつも列車はありますけれど」

「いや、御殿場線から沼津へ出るのです」

「ははあ、するとこの線の途中に、御用がおありになるので」

「用はどこにもないのです」

「成る程」

一揖《いちゆう》して駅長事務室を出た。あらかじめ自分の頭の中で独り喧嘩が済んでいるのだから、それから更《あらた》めて出掛けて行って談じて見ても、花が咲くわけがない。もとのベンチに戻って、ヒマラヤ山系と並んで腰を下ろした。

雨を含んだ空が次第に下りて来て、到頭本降りに降り出した。降り出したら、辺りがいくらか明かるくなった。

「ステッキでなく、傘を持って来ればよかった。出る時どっちにしようかと、迷ったのだけれど」

「そうでしたね。しかし今ここで降っていても、この雨が沼津でも降っているかどうか、解りません。これから僕達は山を向うへ越すのですから」

「尤もらしい事を云うね」

「行って見なければ解らないでしょう」

ベンチの頭の上辺りの戸樋《とい》がどうかなっていると見えて、溜まった雨がそこから溢れ出し、水の棒を立てた様になって、腰を掛けて足を投げ出している爪先へ、音を立てて落ちて来た。顔に繁吹《しぶ》きが掛かって来る様である。しかし、起ち上がって、外《ほか》のベンチへ移るのは億劫《おっくう》だから、落ちて来る水の棒を眺めながら、じっとしている。

ヒマラヤ山系は、もともとそう云う事には動じない。

「汽車に乗り遅れたけれど、だれに関係もなく影響もない。僕達自身の事としても、その為に何も齟齬《そご》する所はない。いい工合だ」

「何がです」

「長閑《のどか》で泰平だ」

「はあ」

「乗り遅れと云う事が、泰平の瑞兆《ずいちょう》だ」

「大分流れて来ますね」と云って、ヒマラヤ山は足を引っ込めた。歩廊のたたきに落ちる水が、段段に筋になって、こっちの方へ寄せて来る。

「これから、どの位待つのだろう」

「丁度二時間です」

「二時間だって」

「さっきの列車は、いくらか遅れて出たかも知れませんけれど、正規の時刻では十二時三十五分発なのです。この次の沼津行は十四時三十五分ですから、丁度二時間です」

「その間、こうやってぼんやりしているのか。まあいいや、ほっておこう」

「何をです」

「何も彼《か》もさ」

「はあ」

繁吹きの霧の中へ煙草の煙を吹いたり、線路に落ちる雨の脚を見つめたり、全くなんにもする事がない。難有《ありがた》い様な退屈な様な工合である。

じっとしていると、時間の方が動いて、もう一時を過ぎた。だから、これから待つ二時間の内、三十分以上経過している。今までひっそりして、だれもいなかった歩廊に、人の足音がし出した。地下道の階段から、荷物を抱えた男や女が、三人五人と上がって来て、別のベンチに腰を下ろす。

山系が感心して、「あの人達、みんなこの次の僕等と同じ汽車に乗るのですよ。一時間も一時間半も前から来て、待つのですねえ」と云った。

「汽車に乗るより外に用事がなかったら、そうするより仕方がない」

「はあ」

それから又長い間待っていた。こちらから口を利かなければ、ヒマラヤ山はいつ迄も黙っている。

すぐ前の、つまりさっき沼津行が出て行った線路に貨物列車が這入って来て、だから私共が腰を掛けているベンチの前が狭くなり、人が行ったり来たりして、廻りが忙しくなった。

私達の前に停まった貨車の扉を開けて、中から空き籠を投げ出し、空き樽をころがし、それがこちらの足許まで来るので、大分物騒になって来たが、泰然として逃げなかった。その内に藁の様な、藺《い》の様な、多分海草だろうと思うけれど、何にする物か解らないが、人の胴体を三つ合わせた位の束《たば》にしたのを、いくつも貨車の外へ投げ出した。今度は大変な埃《ほこり》で、少し辟易《へきえき》したけれど、我慢した。逃げるよりは埃を吸っていた方がこっちの勝手である。その内にその束の一つが、丁度戸樋から溢れて歩廊のたたきを敲《たた》いている水の棒の真下にころがったので、水が跳ねるのをみんな吸い込んでくれたから、大変助かった。私共のベンチの後の線路に、十三時三十三分著の国府津止まりの列車が這入って来た。だから、あともう一時間である。

　こうして二時間近くの間、雨垂れの水が足許へじゃあじゃあ落ちて来るベンチで、いい加減のおやじと、薹《とう》の立った若い者がじっとしている。する事がないから、ぼんやりしている迄の事で、こちらは別に変った事もないが、大体人が見たら、気違いが養生していると思うだろう。二人並んで、同じ方に向いて、いつ迄も黙っているのは、少しおかしい。そう云うのは二人共おかしいのだが、或は隣りを刺戟すると後が悪いから、も一人の方がつき合って、黙ってじっとしているのかも知れない。その気違いは私の方かと思ったが、そうでないとは云わないけれど、年頃から云うと山系の方が気違いに適している。

　さっきから雨垂れの水を吸い込んでいるけむくじゃらの藁束が、水ぶくれがして来た。

「光陰は箭《や》の如しだね」

「はあ」

「しかし歳月、人を待たずと云う事はない。お互に待っている」

「はあ」

山系はちっとも面白くないらしい。もそもそした手つきで、又煙草に火をつけた。

「うしろに来た汽車は何だろう」

「あれがもう一時間したら、今来た方向と逆に走って、僕等を乗っけて行くのでしょう」

「そうなのか。成る程そうらしいね。しかしだね、僕は今、腹がへっていると云うのではないが、夕方までこの儘にして置くと云うのは、どうかと思う」

「向うのホームにいますね、あのおじさんの所へ行って、何か買って来ましょうか」

ヒマラヤ山は起ち上がり、地下道の階段を馳け降りて、どこかへ行ってしまった。

稍《やや》暫らく経ってから、サンドウィッチを買って来た。その函をヒマラヤ山が手に持って、こっちへ帰って来るすぐ後から、さっき迄向うの歩廊にいた駅売りのおやじが歩いて来た。

「向うまで行かなくても、よかったのではないか」

「そうなのです。今度のこの列車へ売りに来たのです」

「待っていればよかったね」

「何、構わないです。あっちの階段の所で買って、それからあのおじさんと一緒に帰って来ました」

一時間以上も前から来て、今度の発車を待っていた連中が、そこいらにいなくなったと思ったら、もううしろの汽車に乗っているらしい。

僕達も乗って待つ事にしようかと云って、お尻から根が下りる程長い間掛けていたベンチを起ち上がった。今度の汽車も矢っ張り短かい。五六輛しかつないでいないその最後部の車の一番後の端の座席に著いたのは、勿論展望車なぞはないが、最後部のデッキから景色を眺めて、展望車の代用にしようと云う算段である。

まだ出ない内に、そこでサンドウィッチを食べてしまった。お茶も牛乳も買ってないけれど、そんな物はいらない。大変まずかったが、それでもおなかに入れてしまった。ただ、三等の背中合わせの区切りにいる小さな子供が、私の後の靠《もた》れにつかまって起ち上がり、サンドウィッチの折の中を見て、何か云い出したので、気になって、可哀想な様でもあり、きたない様でもあり、早早《そうそう》に食べて片附けた。

段段に人が乗り込んで来て、発車までには大体一ぱいになった。二三人通路に起っている人もある。それから発車した。

編者解説

「むっとする」――内田百閒『区間阿房列車』

一九五一年（昭和二十六）三月十日、土曜日の午前十時過ぎ、内田百閒は市ヶ谷駅から省線電車（のちJR）で東京駅に行った。待ち合わせの場所に平山三郎が立っていたので、後ろから近づいてステッキの柄で頭をこつんと叩いた。

百閒の法政大学での教え子であった平山は、国鉄広報誌の編集者となっていた。百閒は彼の名前をひっくり返して「ヒマラヤ山系」とか、たんに「山系」と呼んだ。二人は午前十一時ちょうど東京発米原行の「区間列車」すなわち普通列車に乗るつもりであった。

半年前、大阪行き特別急行第三列車、愛称「はと」に乗ったのが『阿房列車』シリーズの始まりで、用事もなく汽車に乗るのは始皇帝の「阿房宮」のごとく意味のない贅沢だからそう名づけた。

以来、五年で十四回、都合九十日の「阿房」旅のすべてに平山三郎は同行したのだが、原稿の掲載誌は「小説新潮」であった。他社の仕事に国鉄職員をつきあわせることに百閒は疑念を持たない。心臓に不調があって「動悸持ちで結滞屋」(『特別阿房列車』)、おまけに不安神経症の自分だから、お供なしでは旅ができない。そのお供は「泥坊」のような顔をして、気配の薄い「ヒマラヤ山系」がよい、と自然に考えた。平山が業務として百閒に同行することを国鉄が許したのは、損のない広報活動と踏んだからであろう。

その普通列車の発車ベルは、かなり長く鳴った。六分間くらいだろうか。理由はわからない。そのためか国府津《こうづ》着は定刻十二時三十三分を二分近く過ぎていた。百閒は国府津で御殿場線に乗り換え、あえて遠回りして沼津へ行こうとしていた。沼津に用はない。ただ乗るだけである。

国府津はその昔、東海道線の重要な駅だった。そこから御殿場へは急坂の連続だから、国府津で後押しの機関車をつけ、特急なら御殿場で走りながら切り離して沼津へ下った。一九三四年に丹那トンネルが開通すると御殿場線は東海道本線からはずされ、支線になり下がった。複線の片方も戦争中に撤去された。

国府津十二時三十五分発御殿場線沼津行きは、地下道を経た向こう側の歩廊《ホーム》で乗り換え客を待っている。駅員が「早く早く」とせかす。せかされると「むっとする」のが百閒である。地下道の階段の途中で、発車の汽笛が鳴り「一層むっとした」。

歩廊に出ると、もう列車は動き出している。ただし遅れてきた客を拾い上げるための最徐行である。走れば乗れるが、それはいやだ。百閒らに乗るつもりはないと見切った列車は速度を上げて去った。

百閒と平山は取り残された。ベンチで「股の間に立てたステッキに顎を乗せて」歩廊の屋根から落ちる雨垂れを見ながら、次の沼津行列車をちょうど二時間待った。

この日は沼津から興津《おきつ》まで行き、翌日は由比に泊った。遅々たる進行だが、目的はなく見物もしない主義なのだから、それでよい。三日目に静岡から東京に帰った。食堂車がついていたので、東京まで酒を飲みながらヒマラヤ山系に延々と説教した。

『特別阿房列車』の原稿量は六十枚弱だが、特急「はと」の発車までが四十枚分ある。『区間阿房列車』の場合は約百枚のうち、出発前にすでに二十枚分を要し、国府津で沼津行きに乗るまでに全体の三分の二を費やしている。三月十日から十二日までの旅なのに起稿したのは二月十八日、原稿の完成は四月十二日であった。

全体に「阿房列車」シリーズは、昭和戦前の「じいさん」が戦後という時代に「むっとする」お話で、威張るのは老人の義務、横着は文士のあるべき姿、という考えを体現した作品といえる。それにしても六十歳を過ぎたばかりで老人になれるとは。よい時代であった。

現代はそうはいかない。掃いて捨てるほどいる昭和戦後の「じいさん」たちは、平成時代には「むっとする」ことが少なくなかったものの、令和ともなるとその元気も萎え、ただ薄暮の光の中でぼんやりしているばかりである。

循環急行と只見線全通の日

宮脇俊三

（『汽車旅12カ月』より）

交通機関は目的地へ人や物を運ぶための道具であり、それを利用することは手段である。ところが、目的と手段が逆転して用もないのに汽車に乗りに出かけ、ひとり悦に入っている人間、つまり私のような人間もいる。

また、たしかな目的地のある人でも、そこへの移動の手段としての汽車旅、船旅をついでに楽しんでいる場合もある。子供はみんなそうである。私など児戯の域を出るものではないと自覚している。

しかし、かならずしも自嘲《じちょう》しているわけではない。正面切って力説するのもはばかられるが、移動のための手段である限り交通機関は「文明」でしかない。それに対し、手段を目的に置き換えることによって汽車や船が「文化」へと昇華してくる、と私は密かに自負しているのだが、こういう議論は言い出したとたんに恥ずかしくなるし、要するに新幹線は文明にすぎないが遊園地の豆汽車は文化である、というあたりへ落ち着きそうだから、さっそくにも打ち切ることにして、ほんの一例だけあげさせていただく。

昭和五三年の秋、岩手県の山田線と釜石線に乗った。山田線というのは盛岡から東へ向かい、北上山地を越えて太平洋岸の宮古《みやこ》へ出、さらに海岸沿いに南下し、陸中山田を経て釜石に至る長いローカル線である。沿線の人口は少なく、とくに盛岡—宮古間は日本のチベットと言われる北上山地を走るから人家は稀である。

こんなところに線路を敷設したのは盛岡出身の宰相原敬の力による。原敬ほどの人でも「我田引鉄」をやったらしい。帝国議会で山田線の建設が提案されたとき、野党の議員が、

「人も住まない所に鉄道を敷いて、いったい総理は山猿でも乗せる気ですか」

と質問した。しかし原敬は、

「鉄道法によりますと猿は乗せないことになっております」

と素気なく答えたという。

山田線に乗ってみると、さすがに猿は見かけなかったが、こんな挿話を思い出させるような過疎地帯である。

私が乗ったのは、盛岡発8時58分の急行「そとやま」であった。この急行は盛岡—（山田線）—釜石—（釜石線）—花巻—（東北本線）—盛岡というふうに走る盛岡発盛岡行の循環列車である。ひと回りするから通して乗る客はなく、宮古、釜石で大半の客が入れ替わる。私は宮古にも釜石にも用はないから花巻まで乗りつづけるわけだが、もとよりそんな

乗り方をする客はいないと思われる。

なにしろ盛岡から花巻までは、東北本線を直行すれば急行で三〇分も要しない。それに対し山田線と釜石線を経由すれば急行「そとやま」でも五時間一八分かかる。

盛岡を発車してまもなく、車掌が通りかかったので、花巻までの急行券を所望した。車掌は驚いて、

「え、お客さん、これは宮古回りですよ」

と言った。そして「弱ったな、茂市《もいち》まで停車しないからな」と絶句した。茂市は宮古の手前の駅で、そこまででも一時間四九分かかる。昼間の普通急行がこれほど長時間ノンストップで走る区間は他にないだろう。人口の稀薄な地域なので急行を停車させるような町がないのだ。ちょっと日本離れしている。

私は乗車券を見せて誤乗でない旨を示し、車掌を安堵させたが、ついでに、

「用もないのに乗ってる客を、車掌さんはどう思いますかな」

と訊ねてみた。車掌の職務内容の詳しいことは知らないが、旅客を安全確実に目的地に送り届けるのが主たる業務であろう。したがって、乗客の旅行目的が高ければ高いほど車

掌の仕事の価値も相対的に高まるにちがいない。戦時中の車掌が威張っていたのも、「不急不用の旅行はやめよう」「鉄道は兵器だ」の時代を反映したものと思われる。

用もないのに汽車に乗っている客に奉仕するとなれば、車掌の価値はどうなるのか。しかも今日の「そとやま」はガラ空きである。私のいる車両には十人ちょっとしか乗っていない。乗客中に占める私のウエイトが高いからその分だけ車掌の価値は低下するのではないか。

私の質問に車掌は苦笑して答えない。

「用がないからといって汽車に乗ってはならぬという理由はないし……」

と私はまた言った。場合によっては「文明と文化」論を持ち出そうかとも考えたのである。しかし車掌は、

「なんでも結構です。とにかくお客さんですから」

と言って行ってしまった。

用もないのにふらっと汽車に乗りに出かけるのを私は愛好してやまないが、そういう人間にとって八月は最悪の月である。

急に思いたって上野駅へ行っても寝台券の入手は困難だし、もとより昼間の列車も混雑

している。国鉄の統計を見ても旅客数のいちばん多い月は八月だ。

混雑するとはいっても、車両の中に入れないほどではないし、行こうと思えばどこへでも行けるのだが、いくら私でも通路に立ったまま窓外も碌《ろく》に見られない状態では、早く目的地に着きたくなる。つまり、汽車が移動のための手段に成り下がってしまうのである。

だから私は、八月には旅行らしい旅行をせずに過ごしてきている。最近の一〇年間を振り返ってみても、昭和四五年の八高《はちこう》線、四六年の只見《ただみ》線、五一年の吾妻《あがつま》線ぐらいしか記録に残っていない。このうち八高線は近すぎて旅行のうちには入りそうもない。

吾妻線は上越線の渋川から利根川の支流の吾妻川に沿って西へ入る線で、昭和二一年に長野原まで開通し、四六年には大前《おおまえ》まで延長された。長野原―大前間はまだ乗ったことがなかったので、子供を軽井沢に連れて行ったついでに乗った。

この線には日本一短いトンネルがある。川原湯駅の手前で吾妻渓谷が左窓に展開しはじめたとき、一瞬にして抜けてしまう樽沢《たるさわ》トンネルがそれで、長さは七・二メートルしかない。車両の長さは約二〇メートルだから、たった一両で走ったとしても頭と尻尾がトンネルの外に出る。しかし、切り立った岩脈をくりぬいた本物のトンネルであるから、線路を覆う岩肌には樹が根を下ろし、なかなか風格がある。

吾妻線の終点は大前であるが、その一駅手前の万座《まんざ》・鹿沢口《かざわぐち》までは週末特急の「白根」

や急行「草津」が走り、賑やかな観光路線となっている。ところが、そこから終点大前までの一駅、わずか三・一キロの区間には鈍行が一日五往復しか走っていない。この区間だけが見離されたような扱いになっている。

万座・鹿沢口で大半の客を降ろした二両の電車は、わずかな土地の人たちを乗せて四分ほど走り、無人駅の大前に着く。駅の北側は吾妻川の河原で、細い橋がかかり、対岸の段丘に大前の集落が小ぢんまりと固まっていた。

折り返しの発車時刻が近づくと、段丘につけられた道を一人、二人と降りてくる。車掌は眼をこらして対岸の細道の方を見つめる。手を振りながら急ぎ足に降りてくる人影が現われる。車掌はそれを待つ。二分遅れて発車した。

八高線は八王子と高崎とを結ぶ線であるが、正式の区間は高崎の隣駅の倉賀野《くらがの》から八王子までの九二・〇キロとなっている。東京都、埼玉県、群馬県にまたがっているが、まだローカル線の面影を残しており、電化もされていない。

線路は関東山地と関東平野の境目に忠実に敷設されているので、山地が張り出したところは東へ迂回し、谷の出口に平野が切れこむところでは西へカーブする。けっして無理をせず、どこか温厚篤実なところがある。

それらの谷の出口には藤岡、寄居《よりい》、小川、飯能《はんのう》などの谷口集落が発達し、八高線沿線のおもな町となっている。八王子から上信越へ行くには八高線が最短経路であるが、二時間半もかかるので、みんな遠回りでも上野からの列車を利用するのであろう、急行は一本も走っていない。いずれにせよ、地味なローカル線である。

私が八月に八高線に乗ったのは、やはり軽井沢のせいである。所用で軽井沢へ出かけた帰り、信越本線の上り急行に乗ったが、夕方だったのでひときわ混んでいた。私は高崎で下車し、鈍行電車に乗り換えることにした。高崎線は鈍行でもなかなかの快速で走るから上野まで二時間で着く。特急には及ぶべくもないが、急行との差は二、三〇分でしかない。その程度なら鈍行で坐ったほうがよい。

多客期でも鈍行を活用すると楽に旅行できる場合が多い。遠距離の場合は時間がかかりすぎて日程に影響するが、中距離、たとえば上野—軽井沢間ぐらいなら鈍行を高崎で乗り継げば三時間程度で行けるし、坐れる。特急の自由席をねらって一時間も並んだり、「みどりの窓口」で並んだりするより楽ではないかと思うが、そういう乗り方をする人は少ない。特急・急行への志向が強く、乗り換えを嫌うのが鉄道利用者の一般的傾向なのであろう。

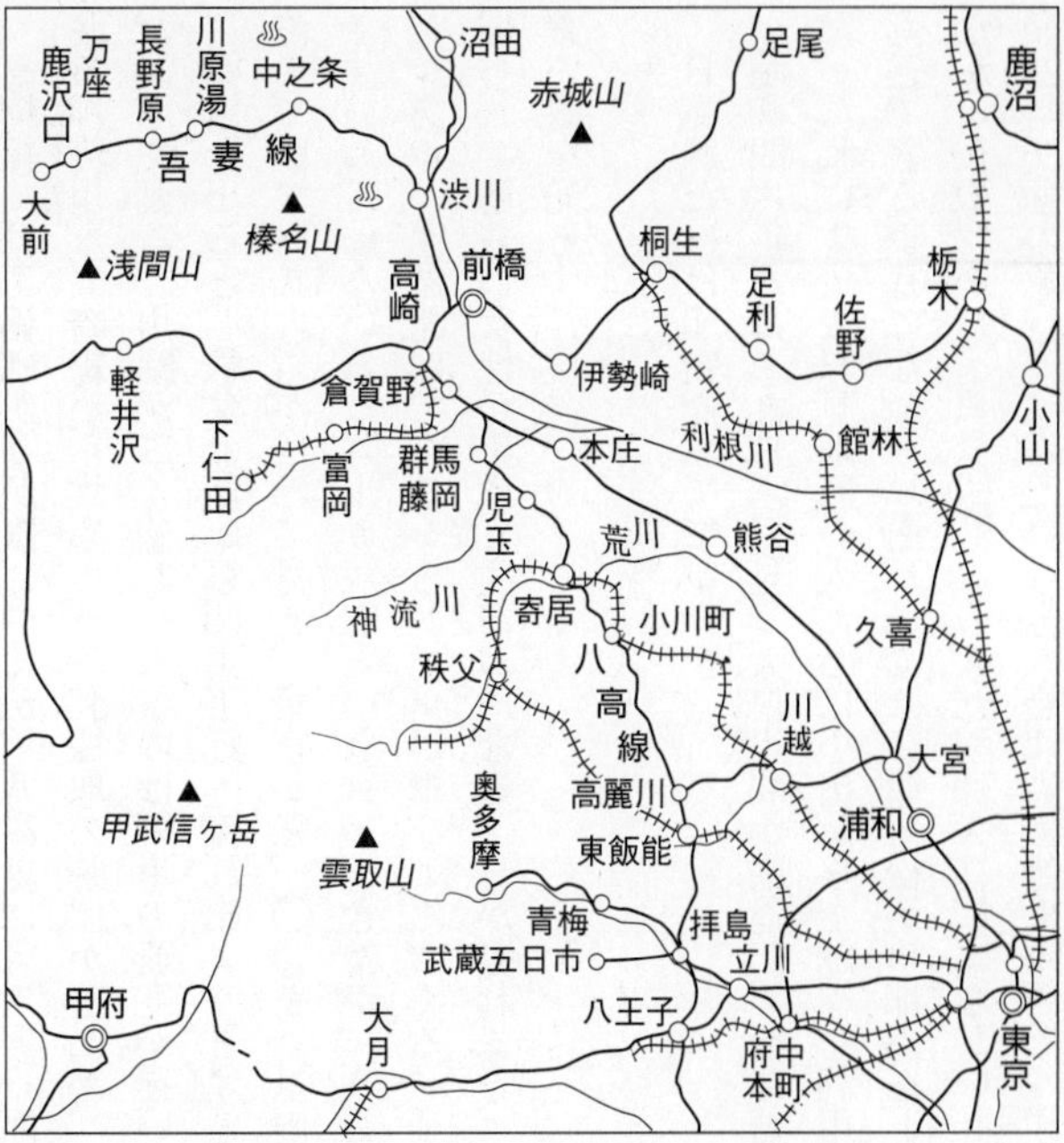

さて、高崎で下車したとたん、八月だからと諦め抑えこんでおいたはずのものが頭をもたげた。私は高崎線の鈍行に乗るのをやめ、八高線で八王子へ抜けることにした。幸い八高線はほぼ一時間に一本の割で運転されているから、さして待たずに乗れる。

八月にディーゼルカーに乗ることはめったにない。新幹線や信越本線の電車に乗ることはあっても、ローカル線には乗りに行かないからである。

高崎線では工場ばかりが眼につくが、八高線に入ると一面の桑畑になる。藤岡を過ぎて渡る神流川《かんながわ》も高崎線から眺めると砂利採取の跡ばかりだが、八高線はヨシの茂る寒々とした河原を渡る。川幅が広く感じられるのは列車の速度が遅いからであろう。

寄居を出ると、秩父盆地から関東平野へ流れ出ようとする荒川を高い鉄橋で渡る。水が澄んでいて河底の岩が透けて見え、東京から一〇〇キロ以内にいることを忘れる。

ずいぶんいろいろなローカル線とつき合ってきたが、八月に乗ると少しく趣のちがうことがある。窓を開けているからトンボが飛びこんでくる。子供が喜んで追いかける。風に煽られて薄着の女性がますます薄着になる。日が暮れると、車内灯に誘われて蛾《が》が侵入し、青い眼を光らす。

只見線だけは予定を立てて乗った。

昭和四六年八月二九日、只見—大白川《おおしらかわ》間が開通し、会津若松—小出《こいで》間の只見線が全通した。これによって只見地区の人たちは小出から上越線を利用して東京までわずか五時間で到達できるようになった。それまでは会津若松から郡山へと迂回しなければ東京へ出られなかったのだから、只見線沿線の人たちは大喜びにちがいない。私は開通日の前夜、上野発23時50分の急行「ばんだい5号」会津若松行に乗った。すでに八月も終わりに近く、座席は楽に確保できた。

会津若松というところは私には扱いにくい。東京からの時間距離が中途半端なのである。日帰りには遠すぎるし、夜行では近すぎて、深夜にならないと会津若松行がない。運転時間が短いから寝台車もない。

夜行列車は八時か九時ごろに発車する寝台車つきのがよい。会社がひけて、みんなと一杯やり、適当に切り上げて寝台にもぐりこむ。適度の酔いと醒めた意識とが共存しているから、いい気分で時刻表を眺めながらすれちがう列車を照合したり、翌日の計画を練ったりすることができる。だから、上野から乗る場合は、19時50分発の「ゆうづる1号」青森行、20時50分発の「十和田3号」青森行、20時53分発の「越前」信越本線経由福井行、21時13分発の「鳥海」羽越本線経由秋田行あたりが適当である。

ところが23時50分発となると時間をもて余す。いったん家に帰って出直せばよいが、一日一往復だけでもうんざりしている都心と自宅の間を一往復半もするのはしんどい。私は映画をあまり見ないし、汽車に乗るまえに映画を見るのもそぐわない。つい人を誘って飲むことになる。時間がありすぎるから飲みすぎる。相手こそいい迷惑だが、こちらも寝不足と二日酔いの二重苦を背負って早朝の終着駅に降り立たねばならぬ。

そういう次第で深夜発の夜行列車は敬遠してきたのであるが、只見線開通日の一番列車に乗るためには上野発23時50分の「ばんだい5号」を利用するほかはなかった。

白みはじめた空に磐梯山《ばんだいさん》が浮き出て、5時10分、会津若松に着いた。

只見線のホームには5時17分発の一番列車が停車していた。前部と後部に「祝只見線全通」という花輪をかたどった飾りつけをされ、晴れがましそうに発車時刻を待っているのだが、意外にも乗客が少ない。ホームも閑散としていて、カメラを構えた鉄道ファンらしい姿が二、三ちらほらするだけであった。

試乗の客たちで満員ではあるまいかと心配しながら跨線橋《こせんきょう》を渡ってきた私は拍子抜けした。明治いらいの悲願が実現して只見線が全通したのである。5時17分という早朝ではあっても、その一番列車の発車を無視するとはおかしい。

只見線全通日の一番列車は、テープカットの行事もなく、三両か四両か忘れたが、一両に数人の客を乗せたまま定刻に発車した。これではふだんの日のローカル線の始発列車と何の変わりもないではないか。

鶴ヶ城を左窓に望み、西若松を過ぎると、線路は会津盆地の南側をぐるりと半周する。こんどは鶴ヶ城が右窓遠くに見えてくる。前景は一面の水田で農家が点在しているが、列車に向かって旗を振る子供もいない。

一時間ほどで会津盆地が尽き、只見川に沿いはじめた。虚空蔵《こくぞう》で名高い会津柳津《やないづ》に着いても歓迎の気配はまったくなく、古びた駅舎も黒々とした家並も、日曜日の朝の眠りから覚めないのか、ひっそりしている。

この線の駅名には「会津」を冠したものがやたらに多い。会津若松から只見まで二八の駅があるが、そのうち「会津――」が一七もある。

「会津」とともにダムも多い。青緑色に淀んだダム湖の底がようやく浅くなり、瀬や河原を見せたと思うと、もうつぎのダムが築かれている。只見川の水は一メートルたりとも無駄には流すまいとしているかのようだ。川というよりは階段になっている。

会津若松から二時間、会津宮下に着くと、突然、駅のホームで日の丸の小旗が一斉に振られ、人びとがどっと乗りこんできた。

私はようやく理解した。只見線の全通によって恩恵を受けるのは、ここから先の人びとなのだ。会津若松からこのあたりまでは従来どおり郡山経由のほうが東京に近いのである。現金なものだなと私は思った。

会津宮下から先は打ち振られる小旗の連続となった。カヤ葺屋根の庭先で一家揃って振っている。村道と交わるところでは五人、一〇人と固まっている。うす暗い祠《ほこら》の傍らに一人で立っている人もある。火の見櫓の上でも振っている。

会津川口では運転士に花束が贈られ、乗りこんできた試乗客で座席は埋まり、立つ人もでてきた。

只見に近づくと徐行運転になった。線路際に小旗を持った人たちがびっしりと並んでいるからである。

只見は全通による恩恵をもっとも受ける町である。どんな具合いかと窓から首を出して見ると、前方のホームの上は、ブラシを仰向けに置いたように人で埋まっている。構内の側線の上も人でいっぱいである。

列車は警笛を鳴らしながら、ゆっくりと只見駅に進入した。万歳が三唱、四唱され、高校生のブラスバンドが「クワイ河マーチ」を吹き鳴らす。

ホームにいる人のすべてが乗れるはずはないし、どうするのかと思っていると、爺さんと婆さんばかりが乗ってきた。みんな胸にリボンをつけているから試乗者は老人だけに限ったらしい。それでも通路はもとより座席の間まで人で埋まった。みんなホームの側の窓に顔を近づけようとするから、反対側の席は空間が出来、車両が左に傾きそうである。

車内とホームとが互いに大声で怒鳴り合って騒然となる。窓から上半身を乗り出してホームの人に抱きつく爺さんがいる。婆さんたちはみんな泣きながら笑っている。泣いてないのは私だけのような気がして、すこしバツがわるい。

万歳と日の丸とマーチに送られて只見を発車した。時刻表では8時40分発となっているから一〇分の遅れである。

只見から新線区間となり、真新しいトンネルに入った。

「トンネルや」

と誰かが叫ぶ。

「わかっとるわ」

と大声の答が返る。車内が笑い声で埋まる。剝き出された婆さんの入歯が落っこちそうだ。

「外を見ても何も見えんぞ」

「わかっとるわ」

また車内が笑いの渦になる。

トンネルを抜けると雪覆い《スノー・シェード》の下につくられた無人駅田子倉《たごくら》に停車する。雪覆いを支える鉄骨の間から田子倉ダムの湖面が見える。車内に嘆息のような歓声があがった。おそらく、只見からこの地点まで歩くとすれば何時間もかかるにちがいない。溜め息ともつかぬ感嘆の声を、私はそのように聞いた。

田子倉からは「六十里越《ごえ》」の長いトンネルに入る。六十里越は会津と越後を結ぶ古くからの峠越えで、現在は国道二五二号線が通じているが、冬期は不通になる。三メートル級の豪雪地帯なのだ。しかし鉄道は、いかに豪雪地帯であろうと平年並みの積雪であるかぎり不通にならぬだけの保安設備を施して敷設される。その点でも只見線全通の意義は大きいにちがいない。

歓声とともに長い六十里越トンネルを抜けると、雪覆い、防雪柵、防雪トンネルの連続となる。超満員の車内に光と影を交錯させながら、列車は無人の谷を下って行く。山肌のところどころに雪崩の跡があり、谷底には押し流された倒木が残骸となっている。

只見から三〇分で新線区間は終わり、大白川に着いた。しかし只見の爺さん婆さんたちは下車しない。小出まで行ってひと休みし、弁当でも食べてから引き返すのだろうか。

車内の笑い声は絶えなかったが、それがようやく疲れをみせはじめた頃、沿線の耕地が広がり、10時15分、終着小出に着いた。一五分の延着であった。汽車に乗るだけが目的の賑やかな大集団と別れ、私は高崎行の電車に乗った。上野まで行かない鈍行なので空いていた。

会津若松までの切符しか持たずに只見線に乗ったから、会津若松―小出―東京都区内の乗車券を車中で購入しなければならない。

車掌は愛想よく車内補充券にパンチを入れながら、

「只見線はいかがでしたか」

と訊ねた。

「よかった」

と私は言った。

「そうでしたか。私も早く乗りたいと思っています」

と車掌は嬉しそうに言った。

電車、列車のこと

吉村 昭

家が町とともに夜間空襲で焼けた日の夜明け、私は不思議なものを眼にした。避難していた谷中《やなか》墓地から日暮里《にっぽり》駅の上にかかっていた跨線橋を、町の方へ渡りはじめた時、下方に物音がして、私は足をとめ見下ろした。人気の全くない駅のホームに、思いがけなく山手線の電車が入っていて、ゆるやかに動きはじめていた。物音は、発車する電車の車輪の音であった。

町には一面に轟々と音を立てて火炎が空高く噴き上げているのに、電車がホームに入りひっそりと発車してゆくのが奇異に思えた。電車は車庫に入っていたが、鉄道関係者は沿線の町々が空襲にさらされているのを承知の上でおそらく定時に運転開始を指示し、運転手もそれにしたがって電車を車庫から出して走らせているのだろう。日本の鉄道は発着時刻の正確さ等、世界随一だと言われていたが、その電車を眼にして鉄道員の規則を忠実に守る姿を見る思いだった。

私は、速度を徐々にあげて鶯谷《うぐいすだに》駅方向へ遠ざかってゆく電車をながめていた。

その頃から終戦後までの電車の状態は、悲惨であった。車輛の多くが空襲で焼失したのだろう。本数が少く、そこに乗客が殺到するので内部は息もつけぬような鮨づめ状態であった。それでもつづいて人が強引に入り込んでくるので、圧力で窓ガラスがほとんど割れ、ガラスの代りに板がはりつけられていた。

終戦時までは、一応社会秩序は維持されていたが、敗戦を迎えると同時にたちまち乱れ、それは電車の内部にもみられた。

車内にさがっていた吊り環が、いつの間にかほとんど眼にできなくなった。いつ、だれがそのようなことをするのか、刃物で切り落とされていた。

吊り環の行方は、すぐに知れた。婦人が手さげ袋をさげて路上を歩いているが、布袋の上に車内に吊るされていた白い環が二個ついている。

その吊り環つきの手さげ袋は、闇市で戸板の上に並べられて売られていたが、電車の吊り環とは知りながらその白さと形状がしっくりとしていて、なんとなくしゃれたものに見えた。

また、座席に貼られた緑色のシートも鋭利な刃物で切ってはがされていて、シートのない車輛がほとんどであった。

終戦後、浮浪児と称された戦災で家や家族を失った少年などがさかんに靴みがきをして日銭をかせぎ、道を歩く人を呼びとめて靴をみがいていた。進駐してきた米兵が、木の台の上に大きな軍靴をのせ、みがかせている姿をよくみた。靴みがきをする者は細長い緑色の布の両端をつかんでそれを左右に動かして靴をみがいていたが、その布は見なれた電車の座席に貼られていたシートであった。

シートは、なんでつくられていたのか表面が少し毛ばだっていて、靴をみがくのにはこれ以上のものはないというほど適していた。しかも、座席に貼られていたものだけに丈夫で、長期間の使用にも耐えられる。

そのシートも靴みがきに適した長さに切られて闇市で売られていて、兄が買ってきたものを使ってみたが、靴が艶をおび、得がたい家庭用品に思えた。知恵のはたらく人がいるものだ、と感心した。

電車の混み方は甚しかったが、さらに激しかったのは列車であった。

終戦後、秋田の横手駅から支線に乗りかえて大森という農村に米の買い出しに行ったが、その折りの車内の混み方は今でも胸にやきついている。上野を夕方に発車した列車が横手駅についたのは翌朝だったから、十二時間以上はかかっている。

まず上野駅を列車が出る時の様子だが、ホームには乗客が線路にこぼれ落ちるほど満ちあふれていて、客車の前後部にある入口から入れぬ男や女たちは窓から車内に入り込む。私は、人の体に押され押されて入口から入ることができたが、人の圧力で洗面所に押し込まれた。あのせまい空間に何人が入っていたのだろう、全く身動きができず、洗面台の上にも二人の男が立っていた。

　列車が発車し、のろのろと走る。夜がふけると、私の膝が時折り前に勢いよく折れる。後ろに体を密着させている男が立ったまま眠っていて膝が折れ、それが私の足にも伝って折れるのである。

　洗面所の入口近くにいた私は、車内の様子を眼にできた。むろん通路は人が隙間なく立ち、さらに向い合った座席と座席の間にも人の体が押し込まれている。

　それらの人たちの上に高々とみえる男たちが至る所にいた。それは座席の背の上に立っている男たちで、網棚の横木をつかんでいる。網棚に背を丸めて横坐りに坐っている男もいた。

　まことに奇怪な情景だが、その時の私は、超満員の車内で別に不思議なことには思えなかった。

　夜が明け、私は人の体を力一杯押しのけて横手駅のホームに降り立った。蒸気機関車の煙突から吐かれる煙で煤だらけになった私は、ホームの手洗所で顔を洗ったが、息もつけなかった車内からぬけ出られた爽快さは今でも忘れられない。

　或るノンフィクションライターが、戦争末期に東京から地方に犯罪者を護送する場面で、人々は空襲におびえて列車に乗る者などなく車内は空いていた、と書いていた。想像で書いたのだろうが、実情は全く逆であった。

終戦の前年の四月には、鉄道による輸送は兵員や軍需物資のそれにあてられていて、特急、寝台車などは廃止され、一般の旅行も極端な制限を受けていた。軍関係者や軍需工場の社員の出張と疎開のための旅行が優先されていて、かれらはそれをしめす旅行証明書によって乗車券を手にすることができた。

一般の者への乗車券は、各駅ごとにその数がかぎられていて、前夜から長い列ができ、朝になって売り出されたものを買った。入手できぬ者が多かった。

空襲による列車の被害は大きく、無蓋の貨車にも人が乗っていた。

終戦の前年の夏、私は奥那須の旭温泉にいた。

勤労学徒として軍需工場で働いていた私は、作業中、突然高熱を発し、激しい胸部の痛みにおそわれ、胸をおさえて身をかがめるようにして家にもどった。

医師の診療を仰いだが、診断は肺浸潤であった。二年半前に肺結核の初期である肋膜炎で二カ月間中学校を休学した私は、さらに一歩進んだ肺結核の再発に見舞われたのである。

結核にはこれと言った治療法はなく、清らかな空気の地で静養する以外にないとされ、私は那須温泉からさらに山奥に入った旭温泉におもむいたのである。

宿について三日目の午後、山まわりの初老の郵便配達夫が宿に来て、私に電報を渡してくれた。そこには「ハハシス　スグカヘレ　チチ」と青い文字で記されていた。

母は、二年前に子宮癌となり、癌研究所附属病院でラジウム放射療法を受けた後、家で病臥していた。病状は悪化し、激しい痛みにおそわれ、モルヒネ注射を打っていた。

前日は豪雨で山まわりの配達はなく、ようやく天候が回復したので配達夫が山にのぼってきたのである。

私は、早速身仕度をととのえ、宿をはなれて山路をくだった。濃い霧が立ちこめていた。那須温泉の湯本の坂の下方から出ている木炭バスに乗り、東北本線の黒磯駅についた。すでに日は没していた。

駅の切符売場の前には長い人の列が出来ていて、坐っている人も多かった。翌朝売り出される乗車券を入手しようとしている人たちであった。

私は、列の後尾についたが、電報が発信されたのが二日前であるのが気になった。死に目に会えなかったとは言え、一刻も早く家に帰りたかった。乗車券を入手して列車に乗れるのは明朝で、しかも制限枚数があって買える確率はきわめて少い。

十七歳であった私は長い間思いまどい、勇を鼓して列をはなれ、駅の事務室のガラス戸をあけた。

電灯のともった部屋の奥の机の前に、駅長の帽子をかぶった長身の人が、立って駅員と話をしていた。

私はひるむ気持をふるい立たせて近づき、駅員と打合せを終えた駅長の前に立ち、

「母が死にました。家に帰りたいのです」

とふるえをおびた声で言って、電報を差し出した。

それを手にした駅長は、電報を見つめ、私に視線をむけた。全くの無表情で、私はにべもなく断られると思ったが、駅長は駅員を呼び、

「上野駅まで一枚、この中学生に渡してやってくれ」

と、言った。

駅員が乗車券を出してきて私に渡し、私は代金を支払って駅長に無言で頭を深くさげた。駅長は黙っていた。

事務室から直接ホームに出た私は、ハハシスの電報が旅行証明書と同じ、いやそれ以上の効果があるのを知った。私は、駅長の人情味のある好意に胸が熱くなり、涙ぐんだ。

やがてやってきた超満員の列車に乗り、上野駅についた私は、山手線で日暮里駅で降り、家の前に立った。すでに深夜になっていた。

玄関の戸をたたくと、寝巻姿の次兄が戸をあけてくれた。

私は、電報を手にするのがおくれた事情を口にし、うなずいていた兄は、昨夜が通夜で今日葬儀は終った、と言った。

病身の私を案じた兄は、

「気を落すなよ」

と言って、私を中へ引き入れた。

家の中には、父をはじめ親戚の者たちが雑魚寝のように寝ていて、私は、奥の座敷の位牌のおかれた台の前に坐って合掌した。

台所に行って口をすすぎ顔を洗った私には、不思議に悲しみは湧いてこなかった。むしろ長い間病臥していた母が死を迎えたことに、安堵に近いものを感じていた。

私は、父の足もとにあるふとんにもぐりこみ、眼を閉じた。

今でも乗車券を渡してくれた駅長の顔を、はっきりおぼえている。細面の黒いふちの眼鏡をかけた、四十年輩の人であった。

乗車券の枚数はきびしく制限されていて、即座にその場で渡してくれるようなことは、軍関係の重要な所用のある人以外になかったのではあるまいか。

駅長は、思いつめた表情で自分の前に立つ少年であった私に心が動き、乗車券をあたえてくれたのだろう。

その時からすでに五十六年、戦時下の遠い日の記憶だ。

陸羽東線

藤沢周平

そこがどのような場所であれ、はじめての土地を通過するときほど心躍るものはない。

私は若い時分から知らない土地を旅してみたいという気持があり、そののぞみが満たされていない不満を、まだ心の中に抱えている。

まったく旅行をしなかったわけではない。数えてみると、北の方から北海道、福島の東山温泉から飯坂温泉までの磐梯山越え、日光、鬼怒川、伊豆の大島、岐阜の下呂《げろ》温泉、伊勢志摩国立公園、北陸の片山津温泉、九州の別府から阿蘇山をこえて熊本までと、あちこち旅行をしている。

以上の旅は、業界新聞に勤めている間のことである。会社の慰安旅行で行ったところもあり、また関係のあった業界の組合が、全国組織になっていて、一年一度の組合総会が、地方支部の持ちまわり主催になっている関係で、総会があるときはその土地に招待取材で出かけたということもあった。北海道とか九州とかいう旅行は、この総会の取材旅行である。

考えてみるとかなりの旅行量である。旅好きでいながら、ひまがなくて出かけられない人にくらべたら、結構行っているじゃないかと言われそうである。ある意味ではそうなので、私はいまでも、会社や組合のおかげで、あちこち知らない場所に行けたことを有難いと思っている。伊豆大島などというところは、そういう旅行でもなければ自分では行く気にならない場所である。

それでもまだ、私の気持の中に慢性的な不満が沈澱しているのは、なぜだろうか。

それは、さきにあげたような旅行が、仕事を抱えた話だったり、あるいは何かを見に行く旅で、私がのぞんでいるような旅とは違っていたからだろうと思う。

何かを見に行く旅、つまり観光旅行は、見なければ損だという気持になる。眼を皿のようにして、あちこちと駆けまわる。また案内してくれる人が、こと細かに説明してくれるので、耳もそば立てなければならない。大変に疲れるのである。そのわりには、後に残る感銘が薄い。

なぜそうかといえば、観光地では、われわれは既製品の世界を見せられるからであろう。たとえば烏帽子岩と名づける岩がある。その岩を烏帽子岩とみるか、ただの岩とみるかは見るひとの自由なはずだが、観光地では、烏帽子岩はあくまで烏帽子岩でなければならないのである。

そうみるように、観光客は印刷物や、立て札や、案内書の説明で強いられる。ただの岩では、商品価値が生じないのであろう。有名な観光地ほど、こうした傾向は強い。その結果、われわれは昔のひとが見たような見方でしか、眼の前の風景を鑑賞できないということになる。せっかくいい景色のところに行っても、自分の眼で発見するものが少ないから、心に残る感銘が薄いのだ、と思う。

むろん、それだから観光旅行はつまりません、と私は悪態をつくつもりはない。名の知れた場所に行き、これこれのものを見ることが出来たという満足感は残るし、結構面白くもあったのである。

また観光案内のパンフレットや、立て札の中にも、売り込みからではなく、まったく好意的に、簡潔に、見所を記したものもあった。その中には、意外な事実などが記載されていて、勉強にもなった。

しかし、われわれは勉強するために旅をするのだろうか。あるいは有名な場所があるから、そこをみるために旅をするのだろうか。私には、そうではないもうひとつの旅があるように思えてならない。

私が北海道に行ったのは、昭和四十六年の五月である。先に書いたように、組合の総会があって、その年の会場は、札幌の南にある定山渓《じょうざんけい》温泉だったので、そこまで取材に行ったのである。行きは、船の中でほかの新聞の記者たちと会い、函館からの汽車でも一緒だった。

しかし帰りは一人になった。仲間の記者たちは、そのまま観光旅行を続ける者、千歳から飛行機で帰る者と、予定がばらばらだったので、私たちは札幌の駅前でお茶を飲んで、そこで別れた。

その帰り、私は東回りの汽車に乗った。はじめからそういう切符を買ったのか、それとも急に思いついてそうしたのかは記憶にない。ともかく私は札幌から、小樽とは反対方向の月寒《つきさむ》の方に出、苫小牧《とまこまい》、東室蘭を経て、函館に戻ったのである。

長い単調な汽車旅行だった。苫小牧に出ると海が見えてきたが、しかし空は曇って、やがて雨になった。だがその長い汽車の旅に、私は少しも飽きなかった。

時どき眼をあげると、視野に赤い煉瓦造りの小さな家や、海岸に置き捨てられて、錆びた砲台のように空に突き出している何かの鋼材、白く波立つ海などが映った。荒れる海の上を、羽音もなく海鳥が飛びすぎて行った。その風景の上に、灰色の雲がかぶさり、雲は時どき強い雨を降らせた。

旅をしている、とそのとき私は思った。私は昼前から汽車に乗っていて、夕方までに函館につけばよかった。誰にわずらわされることもなく、はじめてみる風景の中を通りすぎていた。誰も私のことを知らなかった。私もほかのひとのことを、知らなかった。私は一人で、窓の外の風景とつながっているだけだった。

日常の暮らしから切り離されて、気ままに好きな風景の中を移動する。それが旅だろうと思う。しかも出来れば、一人の方がいい。そういう旅を、私はしたいのだが、これがなかなかできないのである。

たとえば、あるとき私は不意に鳥取砂丘に行ってみたいと思った。そう思ってから十数年たつ。その間に、そこは著しく観光地化し、汚れてしまったようである。

山形新聞に連載している小説の原稿を取りにくるのは、Sさんという若い女性編集者である。来ると、ひとしきり雑談して帰る。先日Sさんは、去年の夏は山陰地方を旅したと言った。

「山陰？　すると、鳥取砂丘に行きましたか」

私は少し胸をときめかしてたずねた。しかしSさんの返事は無情なものだった。

「行きましたけど、あそこはもうだめですよ。すっかり汚くなっています」

私は落胆したが、それでもまだあきらめてはいない。いつか一人で鳥取砂丘を訪れてみたいと思っている。既製品化し、手垢がついた観光地でも、ただ一人で行けば、新しい顔を見せないものでもなかろう、と未練たらしく思うのである。

さて最後に私は、今年の五月に仙台からの帰りに陸羽東線を旅した喜びを記さなければならない。パリだ、ミラノだと、簡単に海外に旅することがはやるいま、私が小牛田《こごた》から新庄までの短い汽車旅行を喜んでいるのは滑稽だろうか。

　そんなことはなかろうと私は思う。新庄から余目《あまるめ》までの陸羽西線は、かつて通い馴れた場所である。だが新庄から東には行ったことがなかった。そこはどんな土地だろうと、私は長い間考えていたのである。

　新緑に包まれたそこは、すばらしい土地だった。私はその土地を芭蕉が旅し、天保の荘内農民が東へ越えたことを思い出したが、それもわずかの間で、窓の外の美しい風景に見とれつづけて飽きなかったのである。

鉄の幸福

荒川洋治

『週刊・鉄道の旅』（講談社）の創刊号は「大井川鐵道・飯田線」の特集だ。以下、「嵯峨野観光鉄道・叡山電鉄」「釧網本線・石北本線」「小海線・しなの鉄道」「五能線・津軽鉄道」とつづきJR・私鉄一〇〇路線（五〇冊）を紹介。売れ行きがいいらしい。鉄道ファン（マニア）がいかに多いかということになる。

「廃線を訪ねて」というコラムもある。第一回は「坂川鉄道」。木曽川支流の川上川《かわうえがわ》の渓谷を走る軽便鉄道（一九二六〜一九五六）で、廃線から半世紀近くたったいま線路はないが、鉄道跡の道はあり、「地域の人たちの記憶は色濃く、みな親切にその場所を教えてくれる。天気のいい日に訪ねたい小鉄道跡だ」（杉崎行恭）とある。

鉄道ファンは新線開通となると真っ先に乗り、廃線と知ると最終列車をカメラにおさめ、鉄路が消えても「廃線の旅」をするのだから、二倍も三倍も幸福を手にしていることになる。鉄道ファンはこまかいことにも詳しいので、鉄道について不正確なことをいうと、いや「思う」だけでも叱られてしまう雰囲気がある。

男性に比べると、女性にはあまり鉄道ファンはいない。男はものごころつかないうちから本能的に「動くもの」が好き。昔、獲物を追いかけた名残なのかも。鉄道は同時に「動かない」世界でもある。一地点から別の地点への、不動の一本道。そして関係者以外には動かせない列車の「発着時刻」。こうした拘束性に男性はしびれるらしい。

鉄道の旅は、おどろきの連続である。おどろくたびに、鉄道の知識はふえていくのだ。

〔自分でドアのあけしめをしなくてはならない列車〕

東京近辺では八高線、相模線などの一部の車両。はじめての人には、おどろきである。

〔直流・交流切り替えのための消灯〕

北陸本線の長浜付近。夜だと、しばらくの間、車内が真っ暗に。

〔ループ線〕

大型時刻表の路線図からも、はっきりと読みとれるが、上越線（新幹線ではなく在来線）の上り線、越後中里・湯檜曽《ゆびそ》の間で、列車が螺旋状に迂回する。急勾配を緩和するためだ。下り線の地中深くにある土合《どあい》駅も絶景。はじめて「体験」したときの感動は忘れられない。

〔スイッチバック〕

ぼくの知っているのでは信越本線の二本木駅（新潟県）が、そう。急に停車してポイントを切り替え、逆方向に列車が走りだすので、たまげる。これも勾配を和らげるため。

〔座席の回転〕

走行方向が変わるため、座席を乗客全員で一八〇度回転させる。はじめての人は、なにごとかと思う。

こういう事態に「乗り」あわせて、おどろくようでは、鉄道ファンとはいえないのだろう。「アプト式鉄道は、碓氷峠《うすいとうげ》でしたっけ」とでもいおうものならたいへんだ。「アプト式はいまは静岡の大井川鐵道井川線、アプトいちしろ駅・長島ダム駅間だけだろう」。鉄道ファンはなんでも知っている。

ぼくの鉄道の思い出は、旧北陸本線の杉津《すいづ》駅周辺の光景だ。列車は日本海沿いの山の上へ。そこで列車は、まるでお休みでもとるように、海を見ながら、ぼうっと止まるような感じになるのだ。則武三雄編『越前若狭文学選』（一九六二）によると、明治の文豪、田山花袋も杉津の風景について書いている。

「トンネルを一つ。また一つ。更にまた一つ。さういふ風に、出てゆくたびに、その海が段々遠く、パノラミツクになつてゆくさまは、何とも言はれなかつた。その積雪の中に思ひ切つて碧く海の見えてゐたのも私には忘れかねた。」（『温泉周遊』一九二八）

杉津を通るこの路線は、北陸トンネル開通（一九六二）で姿を消した。子供のとき、この風景を知っていたことを、ぼくはいましあわせに思う。

文学に描かれた鉄道の世界といえば、中野重治の名作「汽車の罐焚《かまた》き」（一九三七）だろう。汽車の罐焚きをする「鈴木君」の、汽車についての話をまとめた、聞き書き小説である。蒸気機関車が「出る」（発車する）ときには、機関手がいちばん大事らしい。

〈「……だからいくらベルが鳴ったって、いくら後部車掌が手をあげて笛を吹いたって、機関手がリバーシングリバーを進行方向へ送って、バイパッスの弁を足で蹴とばさないことにゃ列車は一センチだって動きゃしません。」

「ふうん……」

何を蹴とばすのかわからなかったが私は感心した。〉

話はつづく。レールのように伸びる。「私」も楽しい。ぼくも楽しい。

編者解説

鉄道と汽車の記憶——宮脇俊三、吉村昭、藤沢周平、荒川洋治

宮脇俊三は一九七〇年代まで中央公論社の敏腕編集者だった。鉄道と列車時刻表への愛着は一九三二年（昭和七）、六歳のとき以来だったが、会社ではそのことを口にしなかった。「児戯」に等しいと、ひそかに恥じていたからである。

四十代なかばの一九七〇年頃、ふと思い立って調べてみると、すでに国鉄全線区の八割に乗っているとわかった。その結果、週末に泊りがけで残った線区を「乗りつぶし」に出かけることが増えた。

しかし、それまで「全線完乗」など意識していなかったものだから、遠隔地に短距離の「乗り残し」が多くあり、合計十八キロ余を「乗りつぶす」ために四国から北陸へ車中二泊、二千キロ以上を乗ったりした。

「隠れキリシタン」のようであった宮脇俊三が、社内で「カミングアウト」したのは七六年である。以後は夜行列車に乗るまでの時間を同僚と酒席で過ごすことができた。

七七年に「完乗」、その記録『時刻表2万キロ』が出版される前月、宮脇俊三は中央公論社を退社した。五十一歳、最後は常務取締役であった。

『時刻表2万キロ』は不思議な本である。「どうでもいいこと」に没入する人の「情熱」と「徒労感」が淡々と正確に記述されているだけなのに、なぜかおもしろい。それはいわば「心あたたまる不条理文学」であった。

退社したら編集プロダクションをするつもりでいた宮脇俊三だが、『時刻表2万キロ』の反響は大きく、「汽車旅」原稿の注文があいついだ。七九年には、国鉄一万三千三百余キロを「一筆書き」の要領でめぐった『最長片道切符の旅』を出し、つづけて本書中の只見線の旅の稿を含む『汽車旅12カ月』を刊行した。「鉄道紀行文学」とも呼ぶべきジャンルを確立した宮脇俊三だが、彼はその代表作を『時刻表昭和史』までの三年弱で書き終えた。

戦前からの都市生活者にとって、空襲はすさまじい体験だった。宮脇俊三は四五年五月二十五日の山手大空襲に遭遇したが、世田谷の家はきわどく焼け残った。七月、新潟県村上に一家で疎開した。

吉村昭は、対米戦争初期の四二年四月十八日、日暮里《にっぽり》の家の物干し台で凧揚げをしていて、超低空を這うように飛んできた米爆撃機（ドゥリットル爆撃隊）を間近に目撃した。それは尾久《おぐ》の工場街を爆撃後に離脱する隊長機であった。

吉村昭の実家は、四五年四月十三日の東京北部空襲で焼けた。谷中墓地に逃げた吉村昭が、いまだ消えぬ火の中を走り来り走り去った始発電車を見たのは翌早暁である。

肺結核も永く日本人共通の恐怖でありつづけた。

宮脇俊三は戦後、中央公論社に入社後に発病、二年間休職したのち一度退社した。しかし回復後に再度入社、自分に向いていると信じた編集の仕事に従事した。

吉村昭は戦中、旧制中学時代に結核を病んだ。四四年、「ハハシス」の電報を那須の奥の療養先で受け、切符を奇跡的に入手して帰京した。戦後も長い療養ののち、胸郭成形術（肋骨を切除する手術）に踏み切って死地を脱した。

山形県鶴岡にいて空襲には遭遇しなかった藤沢周平だが、戦後の五一年に結核と診断され、中学校教員を辞して東京郊外の療養所に入って五年を過ごした。彼も外科手術で生き延びたのだが、その手術の際の輸血によって三十三年後に肝炎を発症した。それはのちに肝がんとなって藤沢周平の命を奪った。

宮脇俊三は終戦の年の九月、疎開先の新潟県村上から母とともに羽越線、庄内交通湯野浜線で山形県鶴岡近くの海岸、湯野浜温泉に行った。十月末には苦労して切符を手に入れ、単身で東北地方半周の汽車旅に出かけた。夜は二日とも駅前の焚火で暖をとって耐え、村上に帰った。

宮脇俊三が東北半周の帰路にたどった陸羽東線（宮城県小牛田から山形県新庄）に、かねてから乗ってみたいと思っていた藤沢周平は、七七年、四十九歳のとき仙台での講演の帰途に念願を果たした。山形師範で学んだ藤沢周平は陸羽西線（新庄から羽越線余目）はたびたび往復していたが、東線は未知であった。彼はわざわざ途中下車して後続の列車に乗ってみたり、青葉の季節の山越えをたのしんだ。

それは「巧みだが暗い」と評された藤沢周平の作風が、『用心棒日月抄』などの作品によって「巧みで、かつ明るい」ものにかわる、ちょうどその時期であった。九七年、六十九歳で亡くなった藤沢周平の書斎の机上には、七五年に廃止された庄内交通湯野浜線のレールの切片が文鎮として置かれていた。

北陸本線は六二年六月、敦賀・今庄《いまじょう》間の一四キロに近い長大トンネルが完成して新線にかわった。スイッチバック三ヵ所とトンネル十二個で二五パーミルの急坂を、ＳＬが後押しの補機をつけて登った旧線は廃線となった。旧線杉津《すいづ》駅は敦賀駅から二つ目で標高一八〇メートル、眼下に敦賀湾が見える。ここまで登って、ようやくＳＬ

も乗客も息をついたのである。

福井県三国港出身、十三歳で新線完成を見た荒川洋治が懐かしく回想するのは、建設的破壊による高度経済成長時代以前の凪《な》ぎのような時間で、その象徴が、いまは北陸自動車道のパーキングエリアとなりかわった旧杉津駅での汽車の停車の仕方なのである。

鉄道と汽車の記憶は、日本の近代化と現代化の記憶そのものだ。それは希望と郷愁、それに哀惜がないまぜとなった遠い記憶である。

収録作品一覧

■夏目漱石（一八六七～一九一六）「三四郎」
初出　「東京朝日新聞」「大阪朝日新聞」一九〇八年九月一日～十二月二十九日連載
底本　『漱石全集　第四巻』　岩波書店　一九八五年

■石川啄木（一八八六～一九一二）「一握の砂」
初出　『一握の砂』東雲堂書店　一九一〇年
底本　『新編　啄木歌集』　岩波文庫　一九九三年

■志賀直哉（一八八三～一九七一）「網走まで」
初出　「白樺」一九一〇年四月一日（第一巻第一号）
底本　『志賀直哉全集　第一巻』　岩波書店　一九七三年

■森田草平（一八八一～一九四九）「煤煙」
初出　「東京朝日新聞」一九〇九年一月一日～五月十六日連載
底本　『煤煙』　岩波文庫　一九三二年

■芥川龍之介（一八九二～一九二七）「舞踏会」
初出　「新潮」一九二〇年一月号（新年特別号）

底本　『芥川龍之介全集　第五巻』　岩波書店　一九九六年

■宮沢賢治（一八九六〜一九三三）「オホーツク挽歌」ほか

初出　『春と修羅』　関根書店　一九二四年

底本　『宮沢賢治全集　1』　ちくま文庫　一九八六年

＊「サガレンと八月」は草稿のみ（執筆時期未詳）

底本　『宮沢賢治全集　6』　ちくま文庫　一九八六年

■萩原朔太郎（一八八六〜一九四二）「純情小曲集」「氷島」

初出　『純情小曲集』　新潮社　一九二五年

『氷島』　第一書房　一九三四年

底本　『萩原朔太郎全集　第二巻』　補訂版　筑摩書房　一九八六年

■中野重治（一九〇二〜一九七九）「中野重治詩集」

初出　『中野重治詩集』　ナップ出版部　一九三一年

底本　『中野重治全集　第一巻』　定本版　筑摩書房　一九九六年

■横光利一（一八九八〜一九四七）「旅愁　第三篇」

初出　「文藝春秋」　一九四二年一月号〜十二月号（通算九回）連載

底本　『旅愁（下）』　岩波文庫　二〇一六年

■山田風太郎（一九二二～二〇〇一）「応召記」
初出『滅失への青春――戦中派虫けら日記』大和書房　一九七三年
底本『戦中派虫けら日記――滅失への青春』未知谷　一九九四年

■永井荷風（一八七九～一九五九）「断腸亭日乗」
初出『荷風全集　第廿二巻』中央公論社　一九五二年
底本『荷風全集　第二十五巻』岩波書店　一九九四年

■上林曉（一九〇二～一九八〇）「鄙の長路」
初出「讀賣評論」一九五〇年三月号
底本『上林曉全集　八』筑摩書房　一九六六年

■内田百閒（一八八九～一九七一）「区間阿房列車」
初出「小説新潮」一九五一年六月号
底本『新輯内田百閒全集　第十四巻』福武書店　一九八七年

■宮脇俊三（一九二六～二〇〇三）「循環急行と只見線全通の日」
初出「潮」一九七九年九月号（原題「山田線　宰相・原敬の「我田引鉄」」）
底本『汽車旅12カ月』新潮文庫　一九八二年

■吉村昭（一九二七～二〇〇六）「電車、列車のこと」
初出「ちくま」二〇〇〇年九月号
底本『東京の戦争』ちくま文庫　二〇〇五年

■藤沢周平（一九二七～一九九七）「陸羽東線」
初出「グラフ山形」一九七七年九月号
底本『周平独言』中公文庫　一九八四年

■荒川洋治（一九四九～　）「鉄の幸福」
初出「モルゲン」二〇〇三年三月号
底本『忘れられる過去』朝日文庫　二〇一一年

本書は中公文庫オリジナルです。

底本の正字は新字に、旧かなは新かなに改め、適宜ルビを補いました。ただし、石川啄木・宮沢賢治・萩原朔太郎・中野重治の詩歌については、かな遣いは底本通りとしました。また、明らかに誤植と思われる箇所は訂正しました。

本文中に、今日の人権意識に照らして不適切な語句や表現が見られますが、執筆当時の社会的・時代的背景と作品の文化的価値、著作者が故人であることなどを考慮して、そのままとしました。

中公文庫

鉄道文学傑作選《てつどうぶんがくけっさくせん》

2024年1月25日　初版発行

編　者　関《せき》川《かわ》 夏《なつ》央《お》

発行者　安 部 順 一

発行所　中央公論新社
〒100-8152　東京都千代田区大手町1-7-1
電話　販売 03-5299-1730　編集 03-5299-1890
URL https://www.chuko.co.jp/

ＤＴＰ　嵐下英治
印　刷　三晃印刷
製　本　小泉製本

Published by CHUOKORON-SHINSHA, INC.
Printed in Japan　ISBN978-4-12-207467-5 C1191

各書目の下段の数字はISBNコードです。978－4－12が省略してあります。

中公文庫既刊より

せ-9-1
寝台急行「昭和」行
関川夏央

寝台列車やローカル線、路面電車に揺られ、懐かしい場所、過ぎ去ったあの頃へ。昭和の残照に思いを馳せ、含羞を帯びつつ鉄道趣味を語る、大人の時間旅行。

206207-8

せ-9-2
汽車旅放浪記
関川夏央

『坊っちゃん』『雪国』『点と線』……。近代文学の舞台となった路線に乗り、名シーンを追体験する。鉄道と文学の魅惑の関係をさぐる、時間旅行エッセイ。

206305-1

し-55-1
日曜日／蜻蛉《とんぼ》 生きものと子どもの小品集
志賀直哉

志賀直哉は生きものや子どもを好んで書き、普遍的な名品を多く生んだ。これらの作品を集めた短篇集『日曜日』『蜻蛉』を合本とし二十四篇を収録。〈解説〉阿部公彦

207154-4

な-6-3
歌のわかれ・五勺の酒
中野重治

旧制四高生の青春を描く「歌のわかれ」、天皇感情を問うた「五勺の酒」に「村の家」などを収めた代表作選集。〈巻末エッセイ〉石井桃子・安岡章太郎ほか

207157-5

な-73-1
麻《あざ》布《ぶ》襍《ざっ》記《き》 附・自選荷風百句
永井荷風

東京・麻布の偏奇館で執筆した小説「雨瀟瀟」「雪解」、随筆「花火」「偏奇館漫録」等を収める抒情的散文集。初の文庫化。〈巻末エッセイ〉須賀敦子

206615-1

な-73-2
葛飾土産
永井荷風

石川淳が「戦後はただこの一篇」と評した表題作ほか、短篇・戯曲・随筆を収めた戦後最初の作品集。久保田万太郎の同名戯曲、石川淳「敗荷落日」を併録。

206715-8

な-73-3
鷗外先生 荷風随筆集
永井荷風

師・森鷗外、足繁く通った向島・浅草をめぐる文章と、自伝的作品を併せた文庫オリジナル編集。巻末に谷崎潤一郎、正宗白鳥の批評を付す。〈解説〉森まゆみ

206800-1

た-30-60
疎開日記 谷崎潤一郎終戦日記
谷崎潤一郎
激しい空爆をさけ疎開した文豪が思い出す平和な日の記憶。随筆集『月と狂言師』に永井荷風・吉井勇との往復書簡などを増補。〈註解〉細川光洋〈解説〉千葉俊二
207232-9

か-95-1
文と本と旅と 上林曉精選随筆集
上林曉
山本善行編
文章、本（古本）、旅、酒、そして人……。私小説作家上林曉が愛した題材から、全生涯にわたる名文を精選。その魅力が詰まった珠玉の一冊。文庫オリジナル。
207228-2

か-95-2
命の家 上林曉病妻小説集
上林曉
山本善行編
これは愛なのか、苦悩なのか……。心を病んだ妻。死に至るまでの八年間、妻を見つめながら書き続けた魂の文学。孤高の私小説十二篇。文庫オリジナル。
207429-3

う-9-12
百鬼園戦後日記Ⅰ
内田百閒
『東京焼盡』の翌日、昭和二十年八月二十二日から二十一年十二月三十一日までを収録。掘立て小屋の暮しを飄然と綴る。〈巻末エッセイ〉谷中安規（全三巻）
206677-9

う-9-13
百鬼園戦後日記Ⅱ
内田百閒
念願の新居完成。焼き出されて以来、三年にわたる小屋暮しは終わる。昭和二十二年一月一日から二十三年五月三十一日までを収録。〈巻末エッセイ〉高原四郎
206691-5

う-9-14
百鬼園戦後日記Ⅲ
内田百閒
自宅へ客を招き九晩かけて還暦を祝う。昭和二十三年六月一日から二十四年十二月三十一日まで。索引付。〈巻末エッセイ〉平山三郎・中村武志〈解説〉佐伯泰英
206704-2

う-9-16
蓬莱島余談 台湾・客船紀行集
内田百閒
台湾へもう一度行き度くて夢に見る様である——友人に招かれ鉄路で縦断した台湾をはじめ、日本郵船での太平洋戦争直前の客船紀行を集成。〈解説〉川本三郎
207165-0

ひ-37-1
実歴阿房列車先生
平山三郎
阿房列車の同行者〈ヒマラヤ山系〉にして国鉄職員だった著者が内田百閒の旅と日常を綴った好エッセイ。人物像を伝えるエピソード満載。〈解説〉酒井順子
206639-7

各書目の下段の数字はISBNコードです。978－4－12が省略してあります。

み-54-1
台湾鉄路千公里 完全版
宮脇俊三
一九八〇年、戒厳令下の台湾での全線乗りつぶしの旅のエッセイに、その後の増設鉄路をカバー、全島一周を達成した紀行を増補した完全版。〈解説〉関川夏央
207251-0

み-54-2
時刻表昭和史 完全版
宮脇俊三
ハチ公のいた渋谷駅、玉音放送を聞いた今泉駅。歴史の節目は鉄道とともにあった。元祖・乗り鉄による昭和史にエッセイ、北杜夫との対談を増補した完全版。
207382-1

よ-13-8
蟹の縦ばい
吉村昭
小説家にとっての憩いとは何だろう。時には横ばいしない蟹のように仕事の日常を逸脱してみたい。真摯な作家の静謐でユーモラスなエッセイ集。
202014-6

よ-13-17
日本医家伝
吉村昭
前野良沢、楠本いね、高木兼寛、荻野ぎん……日本近代医学の先駆者十二人の苦闘の生涯を描く。著者の医家を主題にした長編群の原点であり要となる短編集。
207410-1

ふ-12-7
闇の歯車
藤沢周平
曰くありげな赤提灯の常連客四人に押込強盗を持ちかける謎の男。決行は逢魔が刻……。深川を舞台にくり広げる長篇時代サスペンス。〈解説〉清原康正
203280-4

ふ-12-8
雲《くも》奔《はし》る 小説・雲井龍雄
藤沢周平
安井息軒の三計塾きっての俊才、米沢藩士・雲井龍雄。幕末の動乱期に、討薩ひとすじに生きた二十七歳の短く激しい悲劇の志士の生涯を描く力作長篇！
205643-5

あ-96-1
昭和の名短篇
荒川洋治編
現代詩作家・荒川洋治が昭和・戦後期の名篇を厳選。志賀直哉、高見順から色川武大まで全十四篇を収録した戦後文学アンソロジーの決定版。文庫オリジナル。
207133-9

あ-96-2
文庫の読書
荒川洋治
文庫愛好歴六〇年の現代詩作家が、読んで書いた文庫をめぐるエッセイを自ら厳選。文庫オリジナル編集で贈る、文庫愛読者のための文庫案内全一〇〇冊。
207348-7